여행,
가장
나답게

여행, 가장 나답게

초판 1쇄 인쇄 | 2019년 11월 15일
초판 1쇄 발행 | 2019년 11월 22일

지은이 | 조현주
펴낸이 | 박영욱
펴낸곳 | 북오션

편 집 | 이상모
마케팅 | 최석진
디자인 | 서정희 · 민영선

주 소 | 서울시 마포구 월드컵로 14길 62
이메일 | bookocean@naver.com
네이버포스트 | m.post.naver.com('북오션' 검색)
전 화 | 편집문의: 02-325-9172   영업문의: 02-322-6709
팩 스 | 02-3143-3964

출판신고번호 | 제313-2007-000197호

ISBN 978-89-6799-502-7 (03810)

이 도서의 국립중앙도서관 출판예정도서목록(CIP)은 서지정보유통지원시스템
홈페이지(http://seoji.nl.go.kr)와 국가자료공동목록시스템
(http://www.nl.go.kr/kolisnet)에서 이용하실 수 있습니다.
(CIP제어번호: CIP2019043645)

*이 도서는 한국출판문화산업진흥원의 '2019년 우수출판콘텐츠 제작 지원' 사업 선정작입니다.

여행을 하면서 내가 알게 된 것

여행, 가장 나답게

조헌주 여행 에세이

📖 북오션

스스로 친구가 되어주는
삶의 여행을 위하여

　최근에 장기간 다녀온 여행 사진첩을 정리하다가 문득 '여행 이력서'를 써 보면 어떨까 하는 생각이 들었다. 이력서를 쓰다 보니 어느덧 난 16년 차 여행자가 되어 있었다. 본격적으로 해외여행을 시작하고, 나는 해마다 한국이 아닌 낯선 땅에 발을 딛기를 주저하지 않았다. 운이 좋았던 것일까.

　처음 여행을 할 때는 호기로웠다. 함께할 친구가 있었기에 가능했는지 몰랐다. 의지할 대상이 자신감을 주는 건 분명한 일이다. 그렇게 난 여행에서 누군가와 함께 걷는 방법을 익혀갔다. 상대방을 배려하는 마음을 배우고, 때로는 내 의견을 주장하기도 하면서. 그렇게 나도 모르게 여행에 대한 내공이 쌓여갔다.

　때가 되었다는 생각이 들었을 때, 나는 용기를 내 혼자 여행을 했다. 홀로 떠나는 여행도 걱정했던 것과는 달리 괜찮았다. 무엇보다 '나 자신'과 친하게 만날 수 있었다. 일상에서는 나와 직면하기를 두려워하는 사람이었는데, 여행하면서 나를 객관

적으로 볼 수 있었다. 그 이후 내가 부정하던 모습의 나까지도 인정하면서, 진정 자유로워짐을 느꼈다. 그리고 이제 어떻게 내 인생을 살아가야 하는지 알게 되었다.

길을 나서기 전에 두려움이 없었던 건 아니다. 그리고 여행을 꼭 가야만 하는가에 대한 내면의 질문도 계속되었다. 그 질문 앞에서 난 항상 'go'를 외쳤다. 내 마음의 소리를 따랐을 뿐이다. 어떤 상황에서든 마음의 소리에 따라 움직이면 후회가 없다는 것을 알았다. 그게 바로 자신의 인생을 사는 방법이라는 것도 길 위에서 알았다. 내가 가진 원초적인 두려움에서 해방된 것이다. 사소한 것들의 소중함을 느꼈고, 삶의 다양성을 인정하게 됐다. 그리고 뭘 하지 않아도, 뭐가 되지 않아도 스스로 괜찮은 인생이라고 말해주었다. 그리고 세상이 얼마나 아름다운 곳인지 다시 한 번 느낄 수 있었던 시간들이었다.

이제 낯선 곳으로의 여행이 예전처럼 생경하지는 않다. 이미 텔레비전에서도 여행에 관한 방송을 많이 하고 있고, 마음만 먹으면 찾을 수 있는 정보가 도처에 널려 있기 때문이다. 무엇보다 생생한 영상으로 말이다. 하지만 그곳의 냄새나 감촉까지는 느낄 수 없다. 장소에 대한 특별한 의미는 내가 그곳에 있음으로써 경험했던 일들이고, 만난 사람 속에 있는 것이기 때문이다. 그리고 그건 어떤 것과도 바꿀 수 없는 나만의 추억이 된다.

16년 전의 여행과 비교한다면 여행하는 방식도, 스타일도 많이 달라진 것을 느낄 수 있다. 세상의 변화와 함께 여행 방식도 진화하고, 거기에 맞춰 나라는 사람도 변해가고 있는 것이다. 그 시간의 흐름 속에서 난 여행과 함께 성장했다.

길면 길 수도, 짧으면 짧을 수도 있는 그 시간 동안의 흔적들. 그리고 길 위에서 울고 웃었던 모든 여행의 기록이자, 성장의 기록이다. 그 기록들 속에 내가 있고, 여행의 끝에서 발견한 건 바로 나 자신이 스스로 내 최고의 친구가 되어준다는 것이다. 그리고 난 나와 함께 매일 가뿐한 느낌으로 즐거운 삶을 살고 있다. 삶을 여행하듯 말이다.

　내가 여행을 통해 비로소 어떻게 살아야 하는지 알고, 나다움을 찾은 것처럼 이 책을 펼치는 사람이 자신으로 인해 좀 더 충만해졌으면 하는 바람에서 그 나의 여행 기록을 조심스럽게 내민다.

2019년 가을의 끝자락에서
조헌주

CHAPTER 04

'나다움'을 찾는
7가지 여행의 기술

 CHAPTER 05 생활 여행자가 된 후,
내 삶이 달라졌다

Chapter 1

여행, 미룰 것인가 지금 할 것인가?

인생에서 위기를 맞았을 때

살아가면서 우리는 수많은 일들을 겪는다. 아주 작고 사소한 것부터 인생을 바꿀 만한 아주 큰일까지. 그런 사건들이 모여서 각자의 인생에 큰 그림이 그려진다. 그런데 우리는 어떤 일이나 사건이 생겼다는 말을 긍정적인 의미보다 부정적인 의미로 더 많이 사용한다. 때로는 자신에게 닥친 사건 탓에 이러지도 저러지도 못하는 상태에 처하거나, 인생이 송두리째 흔들리는 것 같은 감정을 경험하기도 한다. 긍정의 아이콘으로 살던 나의 인생에도 이런 위기가 찾아왔고, 그 위기 앞에 난 처참히 무너졌다.

열정 가득하기만 하던 20대 초반에는 사회에 적응하느라 바쁜 시절을 보냈다. 일하고 싶던 방송국에서 작가로 일할 수 있었고, 연예인과 함께 일하는 것에 대한 자부심이 있었고, 재미도 있었다. 운이 좋게도 나와 잘 맞는 방송 프로그램을 담당했다. 처음 하는 일이라 실수하고 넘어질 때도 있었지만, 항상 도전하는 마음으로 지칠 줄 몰랐다.

그렇게 세월이 흘렀고, 어느덧 막내 작가에서 서브 작가라는 타이틀이 주어졌다. 그리고 새로운 프로그램 제안이 들어왔다. 내가 잘할 수 있는 분야는 아니었지만, 장르를 넓혀가자는 생각에서 흔쾌히 수락하고 일을 시작했다.

그런데…….

난 그 프로그램을 담당하고 나서 한 달 만에 자살 충동을 느꼈다. 절대 내 인생에서 생각할 수 없는 키워드였는데, 난 하루하루 그렇게 말라비틀어지고 있었다. 내가 맡았던 프로그램은 연예뉴스 프로그램이었는데, 그 프로그램을 맡은 지 한 달 만에 두 명의 유명 연예인이 자살한 것이다. 나는 그 소식을 방송에 내보내기 위해 자료조사를 하고 주변 사람들을 인터뷰하고 대본을 썼다. 유명 스타의 죽음 앞에서 슬픔에 빠져 있는 사람을 인터뷰하면서 나도 모르게 자괴감이 들었다. 난 무엇을 위해 방송을 하고 있는가. 표면적으로 드러나는 그 일 때문에 내가 힘들어진 것은 아닐 것이다. 복합적인 일들이 작용했을 것이고, 어느 순간 부정적인 감정은 나를 잠식해 가고 있었을 것이다. 내가 컨트롤 할 수 없는 감정 상태로. 급기야는 길을 걷다가 '달리는 차에 뛰어들면 난 내일 방송을 안 해도 되는 거지?' 하는 생각까지 했으니 말이다.

삶의 모양이 저마다 다른 것처럼 위기의 모양도 분명 다를 것이다. 어떤 사람에게는 위기라고 느껴지는 부분이 어떤 사람에게는 아닐 수 있지만, 그렇다고 그것들을 비교할 수는 없을 것이다. 위기의 모양과 크기는 다르겠지만, 위기 앞에서 느끼는 아픔과 고통의 깊이는 저마다 비슷하지 않을까 생각해 본다.

그때 난 방송 작가를 그만둘 수 있었다. 그리고 내 삶의 가치관을 다시 정립하기 시작했다. 남들에게 그럴듯하게 보이는 삶이 아닌 오직 나를 위한 삶으로 시선을 옮겼다. 그리고 예전부터 배우고 싶던 뮤지컬 공부를 다시 시작할 수 있었다. 학교에 다니면서 전화위복이라고 생각하고 있을 무렵 또 하나의 사건이 터졌다.

살고 있던 집이 경매에 들어간 것이다. 지방에서 올라와 서울에서 자취를 하던 나는 아무것도 모르고 덜컥 집을 얻었다. 그리고 몇 년 만에 일이 터졌다. 졸지에 전세금을 다 잃고, 쫓겨나게 생긴 것이다. 발등에 불이 떨어진 나는 그제야 여기저기 법적 조언을 받고 다녔다. 한 달을 꼬박 매일 울었던 것 같다. 이 모든 것은 혼자 감당하기에 너무 벅찼다. 그리고 그때

나는 관계적인 어려움도 겪고 있었다. 그냥 남이 아닌 가족 구성원 중 한 사람과. 그 여러 가지 중 관계에 대한 어려움이 나를 제일 힘들게 했다. 한 번 깨어진 잔은 붙이기 힘든 것처럼 관계 또한 한 번 금이 가면 회복되기 힘든 거니까. 그리고 그런 사람과 한 공간에서 마주하고, 숨을 쉬면서 살아야 한다는 사실은 고통스러운 거니까.

참 희한하게도 힘든 일은 한꺼번에 몰려온다. 이 모든 일이 한꺼번에 왔고, 나에게 극도의 스트레스를 가져다주었다. 어쩌면 이 모든 일들이 지나보면 별것 아닌 일일 수 있다. 그리고 어떻게든 지나간다. 하지만 무방비 상태에서 이 모든 일과 감정을 맞닥뜨렸을 때는 다르다. 폭풍 한가운데 간신히 서 있는 기분, 그 일을 당한 본인이 아니면 모른다. 그리고 한 번 그렇게 부정적인 감정이 휘몰아치면 자신도 모르게 잠식되어 간다. 세상에 영원한 것은 없다는 명제를 남긴 채 말이다.

하지만 희망적인 것은, 영원한 건 없기에 그 위기와 고통 또한 영원하지 않을 거란 것이다. 그리고 반드시 피할 구멍은 있을 것이다. 그리고 그 덕분에 성장도 할 것이다. 그래서 그 상황에서 벗어나기 위해 어떤 조치든 취해야 했다. 난 그때 '맞서기'가 아닌 '거리 두기'를 선택했다. 그리고 떠나야겠다고 생각했다. 잠시 멀리 떨어져 있다 오면 상황도, 마음도, 모든 것이 제자리를 찾을 수 있을까. 모든 문제의 답이 보일까. 당장은 피하는 것 같아 보이지만, 대면한다고 나아질 게 없었기 때문에 한 선택이다.

그렇게 난 여행을 선택했다. 1년간 나를 찾는, 나다움을 발견해 나가는 긴 여행 말이다. 익숙한 환경에서는 절대 새로워질 수 없다고 생각했다. 그리고 모든 상황들이 떠나라고 미는 것만 같았다. 그렇게 긴 여행의 끝에서 나는 나를 찾을 수 있었다. 그리고 오랫동안 묶여 있던 나를 괴롭히던 감정에서 해방될 수 있었다. 그 시간 동안 다른 사람이 아닌 온전히 나와 마주했기 때문이다. 끊임없이 난 나에게 물었고, 답을 찾으려고 노력했다. 다른 사람이 내려주는 답이 아닌, 내가 진정 원하는 마음의 답을 듣기 위해 말이다.

소설가 알베르 까뮈는 말했다, "인생의 전환점이라고 생각되는 순간을 맞는다면 그건 뭔가를 얻었을 때가 아니라 잃었을 때일 것이다"라고. 풍족하게 가지고 있을 때는 절실함이 없다. 정말 어떤 위기 앞에 서면 인생에 대해 절실하게 고민하게 되는 것 같다. 그리고 결국 본질적인 자신의 모습에 접근해 가면서 그 안에서 기회를 발견하게 된다. 세상의 표면적인 시선으로 봤을 때 힘들게 보이는 '위기'라는 것들은 어쩌면 정말 '기회'의 또 다른 이름일지도 모른다는 생각이 든다.

예전의 나는 힘든 일이 있을 때 사람들을 찾아가 위로를 받았다. 고마운 사람들이다. 하지만 매번 크고 작은 위기가 올 때마다 사람들에게 의지할 수는 없다. 위기를 맞았을 때, 감정적으로 힘들 때 나는 이제 걷기 여행을 간다. 그리고 걸으면서 끊임없이 자신과 대화하면서 나를 위로하고 그에 맞는 답을 찾아나간다.

위기는 누구나 맞는다. 그리고 그 위기는 처음이기에 더 힘들게 다가올 수 있다. 그때 필요한 건 그 상황에 빠져 있지 말고, 그 상황에서 빠져나와 객관적으로 보는 일이다. 그리고 나를 다독여주는 일이다. 더불어 사는 세상이라고 하지만 결국 인생은 나의 것이고 내가 다 책임져야 한다. 다른 건 몰라도 나의 감정만큼은. 인생에서 위기를 맞았다고 생각이 들 때 나와 더 친해져야 하는 시간이라 생각하자. 그리고 나를 찾는 여행을 떠나자. 분명 그 속에서 답을 발견할 수 있을 것이다.

후회하지 않는
'지금 이 순간'을 만들어라

'내 삶에서의 결정적 순간은 언제였을까?'

한 해를 마무리하는 시점, 텔레비전으로 연말 시상식을 보면서 이런 생각이 떠올랐다. 이미 지나갔을까? 아니면 아직 오지 않았을까? 나는 이 땅에서 태어나서 살아가고 있는 사람이라면 누구나 이 '결정적' 순간이 있다고 생각한다. 어떤 무엇과도 바꿀 수 없는 경이로운 순간, 다시는 이런 기회가 안 올 것 같은 느낌이 충만한 시간 말이다. 그리고 누가 봐도 세상의 복이란 복은 혼자 가져가는 때 같은 것. 이렇게 말하니 아직 나에게 그 '결정적' 순간은 오지 않은 것처럼 보인다.

그럼에도 불구하고, 지금까지의 살아온 인생 중에서 결정적인 순간을 꼽는다면 아마 낯선 땅을 여행하기로 결심하고, 한국을 떠났을 때가 아닐까 싶다. 가보지 않은 세상을 탐험하러 발을 내디딜 때마다 설레고, 벅차오르는 느낌을 받았다. 혈관에 막혀 있던 피가 도는 것 같은 느낌이었다. 그래서 자주 나름의 결정적 순간을 만들려고 노력하는지도 모르겠다.

나는 살면서 후회를 잘 안 하는 편이다. 어쩌면 남보다 더 후회라는 걸 많이 하기에 안 하려고 노력하는지도 모른다. 계속 지나간 일을 곱씹는 상황이 발생했을 때의 처방전은 바로 '결국 그렇게 될 일은 그렇게 된다'는 다분히 식상하면서도 진리와도 같은 말을 내뱉는 것이다. 흔히들 말하는 명상할 때의 만트라 효과일까. 이 말을 몇 번이고 읊조리다 보면 마음의 평화가 찾아온다.

하지만 정작 여행을 하다 보면 계획대로 되지 않는 일도 많고, 그 안에서 많은 후회의 순간을 만들기도 한다. 대부분 그런 순간은 1분 1초를 다투는 촉박한 시간에 내리는 선택의 오류 탓에 나타난다. 나는 영국 런던에서 그런 후회의 순간을 만들었다.

한 해의 마지막 날인 12월 31일에 한국에서 둘째 언니와 언니의 친구가 놀러왔다. 영국 런던으로 여행 왔다면 웨스트엔드 뮤지컬 관람을 빼놓을 수 없을 것이다. 한국에서 볼 수 없는 뮤지컬을 봐야 한다며 나는 세 장의 표를 예약하러 다녔다. 하지만 날이 날이니만큼 전 세계적으로 사람들이 몰려든 탓에

표를 구하기는 쉽지 않았다. 그나마 여러 군데를 돌아다녀 구할 수 있었던 표는 〈렛잇비(Let it be)〉라는 공연이었다. 비틀즈 50주년을 기념해 비틀즈의 히트곡들로 구성한 쇼였다. 런던의 뮤지컬 공연장은 내셔널 갤러리 근처를 중심으로 곳곳에 위치해 있다.

공연장을 찾았다. 공연은 비틀즈를 닮은 네 배우가 분장을 하고 비틀즈의 일대기를 보여주며 노래를 하는 콘셉트였다. 극적인 드라마라기보다 일대기를 보는 듯했다. 뮤지컬을 볼 기회는 그 하루밖에 없었다. 좋은 공연을 미리 예매하지 못했다는 자책이 몰려왔다. 그래도 언니의 친구는 나름 재미있게 즐긴 것 같았다.

공연이 끝나고 밖으로 나왔다. 그런데 도로 위로 차들이 아닌 사람들이 걷고 있었다. 이유를 들어보니 12월 31일 새해 행사 때문에 차들이 통제되었다고 한다. 바로 옆에 지하철역이 있었는데 거기도 통제가 되었다. 하는 수 없이 많은 인파에 밀려 걸어야 했다. 그리고 집에 가려면 운행하는 지하철역을 찾아야 했다. 공연장은 템즈 강 옆에 있었기에 우리는 템즈 강을 따라 다리를 건넜다. 템즈 강 주변은 벌써부터 사람들로 붐볐다. 벌써 취한 사람들도 많았다. 오직 집에 가야 한다는 생각뿐이었다. 시간이 늦어서 지금 못 가면 기차가 끊길 수도 있다는 생각밖에는 없었다. 그때 살던 집이 조금 외곽에 있었기 때문이다. 워털루 역까지 가서 다른 기차를 타야 했다. 그런데 워털루 역 또한 펜스로 막혀 있었다. 기차를 아예 탈 수 없는 것이다. 시간은 흘러 12시를 향해 가고 있었고, 그때부터 두려움이 몰려왔다.

두려움이 생기자 우리는 미친 듯이 뛰었다. 그리고 가까스로 집 근처까지 가는 버스가 있는 정류장을 발견했다. 그리고 11시 59분에 버스에 탈 수 있었다. 그게 막차였다. 가슴을 쓸어내렸다. 그런데 이상한 마음이 들기 시작했다. '왜 내가 꼭 집에 가야 한다고 생각했지?'라는 후회가 몰려왔다. 언니들은 여행을 왔다. 그리고 템즈 강에서 새해를 맞는 자정에 세계적인 불꽃놀이를 한다. 많은 사람들이 그 찰나의 순간을 보려고 이른 시간부터 나와서 기다리고 있었다. 생각지도 못한 기회긴 했지만 어쨌든 날려버린 것이다.

그때부터 '후회'라는 놈은 아침까지 나를 괴롭혔다. 결국 그 후회 때문에 잠을 제대로 잘 수 없었다. 그리고 인터넷을 켰다. 밤사이 하늘을 화려하게 수놓은 런던의 불꽃놀이를 영상으로 볼 수 있었다. '아! 진짜 어제 집에 기를 쓰고 올 게 아니라 거기서 밤을 새더라도 불꽃놀이를 즐기고 왔어야 했는데…….' 하지만 이미 지나가버린 기회였다. 여행을 하면서 최대로 후회가 되었던 순간이다. 누구에게나 주어지는 기회가 아니었는데 난 결정적 순간을 후회의 순간으로 만들었다.

여행할 때는 그 순간은 다시 오지 않을 거라 생각하며 여행을 한다. 그러면 그 순간이 특별한 의미로 다가온다. 나중에 떠올려 보면 안 해서 후회하는 것은 있어도, 해서 후회하는 것은 없다. 조금 힘들더라도, 조금 지치더라도 '그 순간'을 그냥 지나치지 말아야 하는 이유다. 어쩌면 힘들게 경험한 그 순간이 더 오래 기억에 남는다. 그리고 그 일은 추억이 돼 살면서 힘들 때 꺼내볼 수 있는 비타민 같은 역할을 하기도 한다.

인생도 마찬가지다. 쳇바퀴처럼 돌아가는 오늘이고, 내일이라고 하지만 다시 오지 않을 '지금 이 순간'인 것이다. 여행할 때는 내가 그곳에 다시 돌아갈 일이 없다고 생각해서 할 수 있는 최선의 것을 다하고 오려 한다. 하지만 인생을 살면서 우리는 똑같은 내일이 온다고 생각해 그렇게 최선을 다해 살지 못하는 것도 사실이다.

오늘 포털 사이트에서 어느 배우의 교통사고 사망 소식을 접했다. 바로 어제까지만 해도 방송 활동을 하며 사람들에게 즐거움을 주던 배우였다. 순간 정말 믿기지 않아 나도 오보가 났으면 좋겠다고 생각하면서 실시간으로 올라오는 뉴스를 클릭했다. 정확한 건 없었다. 하지만 한 시간, 두 시간이 지나고 그 배우의 사망은 사실이라는 보도가 나왔다. 너무나도 마음이 아팠다. 많은 사람들이 망연자실했나. 죽음이란 것이 예고하지 않고 찾아온다지만 남아 있는 자들에게 큰 슬픔을 가져다주는 것은 사실이다.

인도의 바라나시 갠지스 강에 앉아 있다 보면 그곳에서 시체를 화장을 하는 장면을 볼 수 있다. 사람들이 천으로 덮은 시체를 들것에 싣고 와서 갠지스 강 옆에서 화장한다. 천과 시체가 타면서 사람의 실제 발이 보이기도 했다. 윤회 사상을 믿는 인도 사람들은 죽었을 때 갠지스 강에 뿌려지는 것을 가장 원한다고 한다. 바라나시에서는 나도 모르게 새로 태어나고 싶다는 생각을 했다. 그래서 삭발을 한번 해보고 싶었는데 한국에 들어오기 며칠 전이라 하지 못했었다. 하지만 갠지스 강 옆에서, '삶과 죽음의 경계'에 서서 삶에 대한 생각을 많이 하긴 했다. 억지로 생각하려 한 것도 아닌데 허망하게 타는 시체들을 눈앞에서 보면서 무섭기도 했고 인생이란 뭘까를 생각했다. 어차피 죽을 운명인데 왜 우리는 그토록 열심히 살아야만 하는 것일까?

톨스토이는 이런 말을 했다. "우리가 죽음을 통해 배우는 것은 죽음이 아니라 삶"이라고. 죽음이 아니라 삶이다. 인생이란 참 허망한 것이기도 하지만 우리에겐 삶이 있기에 살아야 하는 것만은 사실이다. 그리고 그 인생에 결정적 순간들이 많았으면 좋겠다.

나의 결정적 순간을 만들려면 지나간 과거도 아니고, 앞으로 올 미래도 아니고 '지금 이 순간'에 초점을 맞춰 살아야 한다. 하지만 '지금 이 순간'을 살아내는 게 쉽지 않다. 과거와 미래를 생각하느라 무척 바쁘다. 행복은 지금 이 순간이라는 점이 이어져 하나의 긴 끈을 형성하는 것이다. 삶의 모든 순간들이 참고 견뎌내야만 하는 고통의 시간이 아니라, 그 순간이 주는 자체로 행복함을 느낄 수 있는 환희의 시간이 되어야 할 것이다.

그리고 죽음의 문턱에 있을 때 "내 인생 참 괜찮았다"라고 말할 수 있었으면 좋겠다. 환희까지는 아니어도 적어도 후회하지 않는 '지금 이 순간'을 만들며 살자는 말이다. 후회하지 않는 지금 이 순간이 모여 내 인생 전체가 되는 것이니까.

03
———————

가끔은 아날로그로 살아보기

어떤 일이 닥쳤을 때 그 상황도 문제지만 그것을 받아들이는 마음을 잘 돌봐야 한다. 나는 예상치 못한 일을 마주하면 감정의 소용돌이를 많이 겪는 편이다. 마음이 단단한 사람들은 힘든 일이 생겨도 표시 내지 않고 지혜롭게 잘 이겨내는 것만 같다. 하지만 나는 상황보다 내 감정에 함몰된다. 수많은 경험 속에서 얻은 하나의 결론이 있다면, 어떤 사건이든 시간이 지나면 해결된다는 것이다. 그러니 나를 분노케 하는 어떤 일이 생기더라도 그 안에서 허우적대지 말아야 한다.

조용한 내면을 건드리는 사건은 대부분 알지 않아도 될 사실을 알았을 때 생긴다. 끊임없이 울려대는 스마트폰 메시지와 SNS 알람이 그렇다. 너무 많은 정보에 내가 행복해야 할 시간을 점령당하고 있지는 않은지 생각해볼 일이다. 알지 않아도 되는 일을 너무 많이 알다 보면 내 삶에 집중하지 못할 수도 있다. 때로는 타인의 삶을 보면서 상대적 박탈감을 느낄 수도 있다.

주변의 소음에 지쳤을 때, 삶을 좀 단순하게 하고 싶을 때 난 스마트폰과 의도적으로 멀어지려 하는 편이다. 그건 바로 내가 원하지 않는 시간에 내 감정을 방해받고 싶지 않다는 뜻이기도 하다. 하지만 일상에서 장시간 그러기란 쉽지 않다. 그러기에 낯선 장소로 여행하는 시간은 의도적으로 스마트폰하고 멀어질 수 있는 최고의 시간이라고 말할 수 있다.

디지털에서 벗어나 아날로그적으로 살 수 있는 그런 시간. 그리고 나는 그런 시간이 참 좋다. 나를 만나는 데 방해 거리가 없기 때문이다. 오롯이 내 마음이 시키는 대로 할 수 있는 유일한 시간이기도 하다. 그래서 그런 시간을 의도적으로 많이 만들려고 노력을 한다.

내가 처음 해외여행을 할 때만 해도 이런 단절의 시간이 자연스럽게 만들어졌는데(호랑이 담배 피우던 시절이라고 누군가는 말할 수도 있지만), 요즘에는 세계 어느 곳에서나 쉽게 연락을 취할 수 있다. 심지어 가까이 있는 것만 같은 기분이고, 여행을 가서도 디지털 중독에서 헤어 나오지 못하는 것이 현실이 되어버렸다. 하지만 난 이런 기술 발전이 환희로 다가오진 않는다. 얻는 것도 많지만, 그 때문에 잃어가는 것도 분명 있기 때문이다. 그리고 난 아날로그적인 삶을 지향한다.

그래서 오래 전부터 쿠바에 끌렸는지도 몰랐다. 쿠바 여행을 하고 온 사람들은 쿠바를 '시간이 멈춘 나라'라고 표현한다. 올드카를 마음껏 볼 수 있고, 문명과 단절되어 옛날로 돌아간 듯한 모습을 볼 수 있는 곳. 철저하게 아날로그적으로 살 수밖에 없는 나라. 나는 그토록 오랫동안 마음속에 그리던 그곳에 갈 수 있었다. 무엇보다 마음에 든 건 의식하지 않아도 자연스럽게 디지털과 단절될 수 있다는 것이었다. 쿠바의 숙박 시설인 까사(casa)에서도 물론 인터넷을 할 수 없었다(요즘에는 인터넷 카드에서 발전되어 심카드도 생겼다는 소문이 있긴 하다). 그러다 보니 여행자 간에 대화할 수 있는 소통의 시간이 많아졌다. 정보에 의지해서 다니는 여행이 아닌 발길 닿는 대로 가는 여행이 이곳에서는 가능해진 것이다. 물론 불편함이 없는 것은 아니다. 하지만 때로는 불편함 속에서 최고의 진리를 발견할 수 있다. 그리고 오롯이 자신의 마음이 시키는 것들을 할 수 있다.

솔직히 쿠바 아바나에서는 기대한 만큼의 큰 매력을 느끼지 못했다. 그래서 어서 빨리 다른 곳으로 가야겠다는 판단이 섰고 아바나에서 차로 4시간 30분 정도 걸리는 '트리니다드'로 갔다. 트리니다드는 작은 마을이었다. 하지만 그곳에선 여러 가지 다양한 체험을 할 수 있었다. 승마 체험을 할 수 있었고, 해변을 따라 자전거도 탈 수 있었다. 해변에서 하루 종일 휴식을 취할 수도 있었다. 그리고 옛날 기차를 타고 사탕수수 농장에도 갈 수 있었다. 스페인 식민지 시절의 쿠바를 고스란히 느낄 수 있는 곳이었다. 그리고 무엇보다 사람들이 좋았고, 살사와 음악이 있어 행복했다.

그곳에서 1대1로 살사 강습을 받을 수도 있었다. 그리고 까사 데 라 무지카(casa de la musica)라는 곳이 있었다. 라이브로 연주되는 살사 음악을 즐길 수 있는 일종의 외부 공연장이다. 그곳에선 자유롭게 살사 춤을 출 수 있다. 쿠바에 왔으니 나라가 주는 자유로움에 도취되어 쿠바인이 이끌어 주는 리드를 받으며 한껏 살사 춤을 즐기고 있을 때였다. 저 멀리 삼삼오오 모여 앉아 있는 한국인 여행자들이 보였다. 그들은 스마트폰을 가지고 경쟁하듯이 열심히 뭔가를 하고 있었다. 알고 보니 그 장소가 인터넷을 할 수 있는 유일한 장소란다. 인터넷 카드를 사서 입력하면 한 시간 동안 인터넷을 이용할 수 있다고 했다. 몇몇 사람들이 혈안이 돼 인터넷 접속을 시도하고 있었다. 통신 사정이 안 좋아서 접속이 되었다가 끊겼다가를 반복한다며 서로 경쟁하고 있는 것이다. 나도 모르게 조금은 씁쓸한 마음이 들었다. 쿠바까지 와서 꼭 그렇게 집착을 보이며 인터넷을 해야만 하는 이유가 있었을까.

며칠 전 후배가 전화를 했다. 두 달간의 스페인 여행을 계획하고 있다고 했다. 거기엔 산티아고 순례길 걷기 여행도 포함되어 있었다.

"스페인에서 유심칩 살 수 있어?"

"응. 당연히 살 수 있지. 그런데 나는 여행 다닐 때 유심칩을 사지 않고 다녀."

그렇다. 난 여행을 다닐 때 웬만하면 유심칩을 사지 않으려 한다(장기간 체류해야 할 때는 물론 사기도 한다). 유심칩이 있으면 편리하고, 언제든 정보를 찾을 수 있어 실패할 확률이 적지만 색다른 경험을 할 기회도 적어지는 건 사실이다.

그래서 아날로그적 여행을 지향한다. 조금 불편해도 백지에 나만의 감정의 색을 칠할 수 있는 아날로그 여행 말이다. 아날로그 세상은 불편하긴 하지만 색다른 매력이 있다. 평소 일상에서 느낄 수 없었던 감정을 느낄 수 있다. 아날로그는 그렇게 그 어떤 정보로부터, 소음으로부터 나를 분리해 준다. 그리고 온전히 나와 만날 수 있게 해준다. 내가 원하는 소리에 귀를 기울이고, 내 마음을 들여다볼 수 있게 해준다. 디지털이 전부가 되는 세상에서는 나를 온전히 보는 게 힘들다. 너무 많은 것을 신경 써야 하기 때문이다.

아날로그 여행을 하면 좋은 점은 우연이 주는 묘미를 즐길 수 있다는 것이다. 정보를 따라 다니는 여행이 아니라 사람들하고 소통하면서 다니다 보니 그 안에서 많은 사람을 만난다. 그리고 그들이 주는 진짜 정보를 따라서 움직일 수 있다. 언제든 열린 마음으로 받아들일 수 있는 마음 자세가 생긴다. 그러다 보니 여행이 더 즐거워지고 우연히 만나게 되는 사람들과 더 많은 대화를 할 수 있으며 그렇게 삶의 반경이 넓어진다. 그리고 그 나라가 주는 느낌을 오감으로 받아들일 수 있다.

아날로그 세상은 가만히 있는 것을 허락한다. 어쩌면 우리는 가만히 있는 것에 익숙하지 못한 세상에 살고 있다. 끊임없이 누군가와 소통해야 하고 바쁘게 지내야만 인생을 제대로 살고 있다고 생각한다. 나 또한 가만히 있는 상태를 못 견디고 매우 조바심을 가졌었다. 가만히 있으면 뒤처지는 것 같았기 때문이다. 그런데 오히려 디지털과 분리시키고, 가끔 아날로그적인 방식의 삶을 경험하면서 누군가와 나를 비교하는 것을 멈추었다. 있는 그대로의 나를 인정하게 되었다.

디지털 소음에 반응하지 않겠다는 것은 여행 중에 내가 할 수 있는 특권이었다. 그것은 의식하지 않고도 별다른 고민 없이 내 마음속에 귀를 기울이는 일이고, 내 마음이 시키는 일을 하는 것이다. 그럴 때 마음이 편안해진다. 꾸미지 않은 내 모습 그대로 살 수 있게 된다. 걷고 싶을 때 걸었고, 쉬고 싶을 때 쉬는 일이 자연스러워졌다. 그리고 가끔 먼 산을 바라보았다. 초조함과 불안감은 어느새 사라지고, 몰라보게 마음이 편해졌다. 아날로그 여행과 삶을 살기로 선택한 이후 나에게 찾아온 변화였다.

04

진짜로 원하는 삶을 살아라

'네가 진짜로 원하는 것에 집중하지 않으면 넌 끊임없이 이렇게 나약하게 흔들릴 거야. 숨이 끊어질 때까지, 평생 흔들리기만 할 거야.'

이리저리 흔들리는 20대를 보내던 나는 파블로 피카소가 남긴 이 말 앞에서 머리를 한 대 맞은 기분이 들었다. 마음속에 간절히 원하는 삶이 있었다. 하지만 마음의 소리를 무시하고 주변에서 말하는 소리에 귀를 기울였다. 그리고 거기에 내 인생도 합세해보자 생각했다. 그리고 원하지도 않는 공무원 시험을 보았었다. 물론 준비가 제대로 되어 있지 않은 채 말이다. 내 길이 아니라는 건 알았지만 '꿈과 현실' 사이에서 고민만 하던 시기였다. 내 마음은 동쪽을 가리키고 있는데, 사람들은 자꾸 서쪽이 편하게 가는 길이라고 한다. 고생하지 말자고 한다.

누구든 그런 시기가 있을 것이다. 어디로 나아가야 할지 몰라서 이것저것 시도해 보지만 전진하지 못하고 정체만 되어 있는 것 같은 시기 말이다. 그럴 때는 남의 삶과 나의 삶을 비교하면서 자꾸만 자신이 초라하다고 느낀다. 그럴 필요가 없다고 말하지만 내 마음이 그 말을 듣지 않는다. 자꾸 나락으로 빠지는 것이다.

자꾸 남과 나를 비교하는 것은 진짜로 자신이 원하는 삶이 무엇인지 모르기 때문이다. 피카소의 말처럼 진짜로 원하는 것에 집중하지 않으면 끊임없이 흔들리게 된다. 악마의 속삭임에 놀아나는 것처럼. 하지만 그런 시간도 나를 단단하게 만드는 초석이 되니 그런 시간 앞에서 나만 뒤처진다고 절대 초조해하지 말아야 할 것이다.

인생은 끊임없이 도전하고 자신만의 삶을 찾는 과정이다. 조연으로서가 아니라 주인공으로서 말이다. 진짜로 원하는 삶을 살려면 어떻게 해야 할까? 자칫 뻔한 얘기로 들릴 수도 있겠지만 가능한 많은 것들을 시도해 보라고 말하고 싶다. 경험해 보지 않고서 자신이 좋아하는 것, 자신에게 맞는 것을 찾기는 힘드니 말이다. 어떤 직업에 대한 이상만 갖고 있는 것과 직접 그 현장에 들어가서 부딪히며 경험하는 것은 차원이 다르다. 그리고 본인이 직접 느껴야 한다.

나는 주어지는 모든 일에 도전하기를 서슴지 않았다. 진짜 내가 원하는 삶을 살고 싶어서였다. 고등학교 때 단체관람으로 본 뮤지컬 하나가 나의 미래를 바꿀 수 있다는 것도 알았다. 그래서 방송, 뮤지컬 작가의 꿈을 꿨다. 그리고 관련 학교에 진학했고 방송국에서 바로 일할 수 있었다. 어쩌면 일사천리로 진행되었다. 그런데 처음에 들어간 방송국 일은 나와 잘 맞았지만, 그 이후에 나와 잘 맞지 않은 프로그램을 하면서 굉장히 힘들었다. 보는 것과 직접 경험하는 것은 천지차이일 수 있다는 것도 알았다.

'인생은 멀리서 보면 희극, 가까이서 보면 비극'이라는 찰리 채플린의 말에 격하게 공감하던 순간이었다. 하지만 어떠한 비극일지라도 직접 경험하고 나면 미련을 갖지 않을 수 있는 건 사실이다. 그리고 나에게 주어진 것에 최선을 다해 살 수 있다. 많은 것을 시도하다 보면 나와 자연스럽게 연결되는 일이 있을 것이다. 처음에는 일이 즐거울 수도 있다. 모든 것이 새롭기 때문에.

하지만 인간은 간사해서 그게 익숙한 일상이 되면 회의를 느끼는 순간이 오기도 한다. 그럴 때는 과감히 '딴짓'을 해보는 것도 추천한다. 자신이 해온 일과는 다른 일을 해보는 거다. 많은 사람들이 딴짓을 할 때 불안감을 느낀다. 하지만 그 시간은 인생에서 더없이 좋은 시간이 될 수도 있다. 딴짓을 하다가 원래 본인의 자리로 돌아오면 자신의 자리에 감사하게 돼서 좋은 거고 아니면 딴짓이 새로운 나의 일로 연결될 수도 있는 거고.

유대인에게는 안식년이라는 제도가 있다. 7년 만에 1년씩 휴식을 하는 제도로 현대에도 대학을 중심으로 이 전통이 이어지고 있다고 한다. 한국에서도 가끔 안식년이라고 말하며 일을 1년 동안 쉬는 사람을 보았다. 그때는 단순히 '일을 안 하고 어떻게 살지?'라고 생각했었다. 자본주의 세상에서 돈이라는 것은 필수불가결한 존재이기에 평생 일하며 돈을 벌어야 한다는 생각을 했었나 보다. 그런데 생각보다 1년은 굉장히 빠르게 흐른다. 그리고 그 안식년을 잘 지내고 온 사람이 더 큰 일을 하면서 삶에 생기가 도는 것을 보았다.

일을 하지 않으면 불안해하는 사람들이 있다. 직업이 자신을 대표해 준다고 생각하는 사람에게 나타나는 증상이다. 어딘가에 소속되어 있어야만 안정을 느끼는 타입일 수도 있다. 그런 사람에게 안식년까지는 힘들 수도 있겠지만 단 며칠만이라도 완전한 휴식을 즐기라고 말해주고 싶다.

나 또한 나름 안식년이라고 하는 시간을 가졌다. 그때 내가 한 것은 영국에서 직접 살아보며 여행하는 것이었다. 내 삶에서 가장 잘한 일이라고 생각하다 마음속에 꿈으로만 가지고 있었던 것을 나는 기회가 왔을 때 실행했다. 그리고 그 여행의 끝자락에서 내가 진짜로 원하는 삶을 찾을 수 있었다. 나는 여행하면서 글을 쓰는 사람이 되고 싶었다. 글 쓰는 여행가라고 나 할까. 여행 작가라고 한정 짓기에는 조금 광범위하다. 그리고 전 세계를 무대 삼아 여행을 하면서 일도 하고 돈을 버는 디지털 노마드 족으로 살고 싶다는 생각을 했다. 그리고 지금 누구보다 행복하게 생각한 대로 인생을 살고 있는 중이다.

여행을 하지 않았다면 진정한 나를 만나지도 못했을 것이고, 나 자신을 존중하는 방법도 몰랐을 것이다. 내면의 목소리에 귀를 기울이고 어떻게 원하는 삶을 살아가야 하는지 삶의 방향성도 찾지 못했을 것이다. 길 위에서 인생의 답을 찾았다고 하는 사람들을 종종 볼 수 있다. 나 또한 여행의 길 위에서 나만의 답을 찾았다.

여행을 하려면 물론 돈이 있고, 시간이 있어야 하는 건 맞지만 무엇보다 '간절함'이 가장 큰 원동력인 것 같다. 그만큼 간절하기에 떠날 수 있고, 그 안에서 자신만의 기적을 만들어 가기도 한다. 그리고 수많은 일들을 겪으며 자신의 삶에 대한 해답을 찾아서 오는지도 모르겠다. 그 후에는 같은 일상을 살더라도 더 풍성하게 느껴질 것이다. 다른 게 아닌 본인의 시야와 마음 자세가 변했기 때문이다.

일상생활에서는 나를 제대로 볼 수 없는 경우가 많다. 타인에게 비친 나를 신경 쓰느라 나로 살지 못한다. 그리고 사회가 규정하는 나의 주소대로 살아야만 하는 의무를 느낀다. 그리고 나에게 주어진 너무 많은 호칭으로 사느라 정작 본인의 모습대로 사는 것이 힘들다. 모두가 슈퍼맨이 되어 가고 있다. 그러다 보면 어느 순간 삶에 대한 불만과 불평이 가득 찬 모습을 하고 있는 자신을 발견한다.

그 순간이 되기 전에, 자신을 찾아가는 여행을 권하고 싶다. 자신이 뭘 좋아하는지, 뭘 할 때 제일 가슴이 뛰는지. 그런 사소한 모든 부분을 알아가는 시간 말이다. 그렇게 자신만의 길을 발견한 사람은 눈에 빛이 난다. 온전히 자신에게 충실하며 자신을 사랑할 줄 안다. 이제 그 한 가지를 찾았다면 에너지를 분산하지 말고 한 곳으로 모아 집중해 보는 건 어떨까? 피카소처럼 말이다. 사소한 것에 낭비하지 않는 힘은 내가 어떤 하나의 길을 정하고, 간절하게 에너지를 쏟아 나갈 때 가능한 것이니까. 그리고 그때 자신이 가장 원하는 충만한 삶을 살 수 있는 것이니까.

05

결핍은 축복이다

"언제 가장 행복하다고 느끼세요?"

"추운 데 있다가 따뜻한 곳에 들어올 때? 더운 데 있다가 차가운 곳으로 갈 때?"

"뭐가 그렇게 소박해요?"

나는 평소 행복한 삶에 관심이 많다. 그래서 처음 만나는 사람에게 이런 질문을 자주 한다. 많은 사람에게 질문을 던졌는데, 이 답변이 나에게는 가장 신선하게 다가왔다. 단순하지만 많은 진리가 포함돼 있는 듯했다. 결핍되어 있는 것을 채워주면 우리는 행복감을 느낀다는 것이다. 물질적인 의미도 있겠지만 정서적인 부분이 크다. 하지만 결핍이란 것은 본인만이 느낄 수 있는 것이 아닐까.

어쩌면 나는 내 삶의 결핍 때문에 여행을 떠났다고 생각한다. 솔직히 만족하면서 살았다면 여행을 가겠다고 생각하지 않았을 것이다. 어딘가 떠난다고 하는 것은 여러 가지 원인이 있겠지만 채워지지 않는 무언가를 찾기 위함이 크다고 볼 수 있다. 적어도 나에게는. 시골 군인 아파트에 살던 나는 시골이란 환경도, 군인 아파트라는 환경도 싫었다. 좁은 곳에서 아웅다웅하는 모습들, 세상이 여기가 전부인 것 같이 행동하는 사람들의 모습이 싫었던 것 같다. 어쩌면 그것도 나의 결핍이었다. 더 넓은 세상을 보지 못한 나의 결핍. 그래서 무작정 동경했다. 그리고 꿈을 꿀 수 있었다.

결핍이 없어 보이는 친구들이 있다. 모든 것을 가지진 않았지만 가졌다고 생각하며 뭔가를 갈구하지 않고 그냥 그 자리에 만족하며 살아간다. 나는 그것도 복이라 생각한다. 나 또한 그렇게 만족하며 살 수 있는 사람이었으면 그렇게 살았을 것이다. 하지만 나는 어쨌거나 결핍이 많은 아이였다. 결핍이 많다는 것은 꿈과 욕망이 많다는 말로도 해석할 수 있다. 큰 꿈을 가지고 있는데 내 환경이 턱없이 부족해 보이는 것이다. 그럴 때는 내 의지를 강화해야만 한다. 그래야 이룰 수 있기 때문이다. 그 결핍은 지금의 나를 있게 했다. 세계 전부는 아닐지라도 적어도 지금 원하는 곳은 다 여행했다. 그리고 그 모든 것을 내 힘으로 이뤄냈다는 사실을 자랑스럽게 생각한다. 그렇게 나는 성장했다. 결핍은 성장의 또 다른 이름이라고 말할 수 있다.

많은 사람들이 여행을 떠나는 데 무엇이 필요하느냐고 물으면 '돈과 시간'이라고 한다. 그러면서 한마디 덧붙인다. 시간이 많은 20대는 돈이 없고, 돈을 버는 30대는 시간이 없다고. 그래서 못 떠난다고. 어느 정도 공감하는 부분이다. 하지만 어쩌면 결핍이 없는 거고, 여행에 대해 간절하지 않다는 뜻으로도 해석할 수 있다. 꼭 여행을 해야 한다기보다 본인만의 스타일을 아는 게 제일 중요할 것이다.

여행을 하다 보면 결핍된 상황에 놓일 때가 많다. 익숙하지 않기에 결핍이 더 커지는 것이다. 결핍은 불편함을 가져다주지만 그 안에서 평소에 느낄 수 없는 새로운 가치를 발견할 수 있다. 앞서 얘기했지만 여행 중에 결핍된 상황을 최고로 느꼈을 때는 바로 쿠바에 있을 때였다. 모든 것들이 결핍돼 불편한 쿠바에서 인터넷을 하지 않고 10일이란 시간을 견뎠다. 하지만 거기에서 새로운 경험을 했다. 결핍된 상황에서 사람들이 더 똘똘 뭉치더라는 얘기다. 그리고 자신의 이야기들을 풀어놓는 것이다.

결핍된 상황에서의 응집은 서로를 더 끈끈하게 만든다. 그렇게 스마트폰이 아닌, 사람들과 소통하며 값진 시간을 만들 수 있었다. 그리고 그 친구들과는 지금도 만남을 이어가고 있다. 때로는 결핍된 상황에 들어가는 것도 좋다고 생각한다. 굳이 만들어서 들어갈 이유는 없지만 그런 상황이 오면 아주 기쁘게 받아들이자. 나의 내면을 볼 수 있는 시간이 많아지고 사람들과 직접 소통할 수 있는 시간이 많아진다. 가짜가 아닌 진짜의 모습으로, 날 것의 모습으로 말이다.

인도 여행을 할 때, 동부에 있는 '콜카타'에 갔었다. 콜카타는 마더 테레사의 도시라고 할 수 있는 곳이다. 그때 자전거를 개량한 사이클 릭샤(인력거)를 탔다. 릭샤 아저씨는 신발을 신지 않고 맨발로 릭샤를 끌고 있었다. 나는 그 아저씨께 괜히 미안한 마음이 들었다. 목적지에 도착해서 돈을 지불했다. 아저씨가 무척 해맑아서 선물을 주고 싶은 마음이 들었다. 그래서 굳이 신발을 사다가 신겨 주었다.

그런데 아저씨의 발밑을 보는 순간 나는 깨달았다. 내가 아저씨의 결핍이라고 생각해서 채워주려던 부분이 아저씨의 결핍이 아닐 수도 있다는 것을. 아저씨의 발밑은 너무나도 두꺼워져 감각이 없을 것 같았다. 오랜 시간 동안 신발 없이 살아 이제는 신발이 더 불편할 것만 같았다. 내가 너무 내 식대로 해석하지 않나 싶었다.

아저씨는 끝까지 해맑은 미소를 잃지 않았다. 여행가의 입장에서 보기에는 부족해 보이는 삶이었지만 아저씨는 누구보다 떳떳하고 행복하게 자신의 일을 하고 있는 사람이었다. 여기서 결핍은 언제나 자신만의 기준일 뿐, 내 생각을 아무 데나 대입

할 수는 없는 문제라는 것을 느꼈다. 내가 생각하는 결핍이 상대방에게는 결핍이 아닐 수도 있다는 것을 간과하지 말자는 이야기다.

그렇다고 하더라도 '결핍'에 굳이 의미를 부여한다면, 결핍은 내 인생에서 나만의 기준을 가지고 살아갈 수 있게 해준 힘이었다. 때로는 결핍 때문에 불평한 적도 있다. 예를 들어 풍족한 뭔가가 나에게 주어지지 않을 때, 남들의 인생은 참 편해 보인다. '나는 왜 이렇게 쓸데없이 열심히 살아야 할까?'라고 생각해본 적도 있다. 누군가는 굉장히 쉽게 모든 일을 이루는 것 같았기 때문이다. 하지만 내가 부유한 상황이 아니었기에 스스로 선택하고, 내 삶을 살아가는 능력을 키울 수 있었다. 그렇게 누군가에게 끌려가는 인생이 아니라 스스로 내 인생을 주도할 수 있었던 것이다.

그리고 결핍이 있어서 간절함이 생겼다. 무슨 일이든 간절할 때 기적이 일어나고, 역사가 된다. 나에게 결핍이 없었다면 도전이란 것을 하지도 않았을 것이고, 더 넓은 세상을 볼 수도 없었을 것이다. 주어지는 나의 인생에 불평하면서 살고 있었을 것이다. 뭔가에 간절하다는 것은 꿈이 있다는 것이다. 그리고 인생의 초점이 꿈에 맞춰진다. 꿈을 이루는 방법을 찾게 되고, 행동하게 된다. 행동한다는 것은 내가 원하는 나의 모습으로 성큼 다가간다는 뜻이다. 행동부터 시작되니 말이다.

나는 여행이 간절했다. 그래서 움직일 수 있었다. 떠나는 사람은 어떤 이유에서든 각자의 간절함을 가지고 떠난다. 그렇게 내가 깨닫고 움직일 때 인생도 성장하고 발전한다. 그렇게 여행은 결핍된 상황에 나를 오롯이 던져놓는 일이기도 하다. 그 안에서 온갖 상상력과 창의력이 발휘된다. 그리고 온전한 나의 모습을 발견하고 그 모습대로 살아가게 만든다. 간절하게 되고 싶었던 그 모습으로 말이다. 이쯤 되면 '결핍은 축복이다'라는 말에 공감할 수 있을까.

06

기회는 보려는 사람에게만 보인다

자신의 삶을 원하는 대로 만들며 행복하게 사는 사람들! 그런 사람들의 공통점은 무엇일까? 적어도 목표를 가졌고, 노력을 했고, 기회를 놓치지 않았다. 많은 사람들이 목표를 가지고 노력하지만 결정적인 '기회'가 왔을 때는 기회인지 모르고 날려버리기도 한다. 그러면서 한탄한다. 자신은 되는 일이 없다고. 하지만 어떤 사람은 자신에게 닥치는 모든 상황에서 기회를 발견하기도 한다. 그리고 그 기회 속에서 자신이 원하는 목표를 정확하게 이루어 낸다. 기회를 날리는 사람이 될 것인가? 기회를 잡는 사람이 될 것인가?

개그맨 김영철의 강연회에 다녀왔다. 오프라인 만남은 그 사람의 깊이를 보게 한다. 방송에서 보던 모습과는 또 다른 매력을 느낄 수 있다. 김영철 씨의 강연을 들으면서 '모든 상황을 자신에게 기회로 만드는 사람'이라는 것을 느낄 수 있었다.

어렸을 때 탤런트가 꿈이어서 탤런트 시험을 봤다던 그분에게 친구가 어느 날 제안을 하더란다. 개그맨 시험을 한번 보는 게 어떻겠느냐고. 생각지도 않은 말을 들으면 누군가는 그냥 지나치기도 한다. 하지만 김영철 씨는 그 말을 허투루 듣지 않고 개그맨 시험을 봤고 당당히 합격했다. 그게 바로 김영철 씨가 방송 활동을 시작한 계기다.

개그맨 활동을 하다가 '캐나다 몬트리올 코미디 페스티벌'에 참석한 그는 영어를 하나도 알아들을 수 없어 답답함을 느꼈다. 그리고 그게 계기가 돼 한국에 돌아오자마자 영어를 공부하기 시작한다. 그때부터 지금까지 영어 공부를 매일 한 번도 쉬지 않았다고 했다. 그 결과 영어를 출중하게 하게 되었음은 물론 책도 냈다. 그리고 '호주 멜버른 코미디 페스티벌'에도 참여해 6분 스피치를 선보이고 왔다는 것이다. 영어를 잘할 수 있으니 그의 꿈은 더 커져 할리우드 영화 진출을 꿈꾸고 오디션을 보러 간다고 했다.

위기는 곧 기회라는 말을 많이 한다. 캐나다 코미디 페스티벌에서 영어를 알아듣지 못해 사람들과 소통할 수 없었던 자신만의 위기를 김영철 씨는 기회로 탈바꿈시켰다. 그리고 그 기회 덕분에 성장했다. 성장은 성공의 또 다른 이름일 수 있다.

이렇듯 기회가 왔을 때 'YES'라고 외치고 가는 사람과 'NO'라고 하는 사람의 인생은 나중에 큰 차이가 난다. 기회를 기회라 여기지 못하고 날려 버리는 사람의 특징은 주변 것에 관심이 없다는 것이다. 하지만 언제, 어떤 상황에서나 눈을 크게 뜨고 마음을 열고 있는 사람에게는 기회가 도처에 널려 있다는 것을 알 수 있다. 또한 어떤 사람은 대놓고 기회가 왔어도 자신이 지금 완벽하게 준비가 안 되었다는 이유로 기회를 잡지 못한다.

내가 가진 장점 중 하나는 기회 앞에서 'NO'라는 말을 잘 하지 않는 것이다. 내가 준비가 덜 돼 있어도 두려워하기보다는 일단 도전해 본다. 그러다 보면 어떤 분야를 몰랐더라도 해나가면서 알게 된다. 그리고 어느 순간 한 뼘은 더 성장해 있는 나를 발견한다. 그리고 그로 인해 더 많은 기회가 생긴다. 그렇게 나의 지경을 하나둘씩 넓혀가는 것이다. 그리고 그 기회는 사람을 통해 올 때가 많다.

여행을 하다 보면 내가 평소에 만날 수 없었던 사람을 만날 기회가 많이 생긴다. 내가 생활하고 일하는 반경에서 벗어날 때 조금은 생소한 직업을 가진 사람들도 많이 만난다. 반대로 그 멀리 여행을 가서 같은 분야에서 일하는 사람들을 만날 수도 있다. 일터에서 만나는 것이 아닌 여행에서의 만남은 조금은 더 특별하게 다가온다.

라오스를 여행할 때였다. 황금 지붕의 사원과 유럽풍의 저택이 조화를 이루는 도시인 루앙프라방에서 영상 PD를 꿈꾸는 친구를 만났다. 그때만 해도 그 친구는 VJ를 하면서 영상을 찍고 편집해서 공모전에 출품하고 있었다. 그렇게 여행에서의 연이 되어 한국에 와서도 계속 연락하면서 지냈다. 그러던 어느날, 그 친구에게 전화가 왔다. 시간이 흘러 그 친구는 PD가 되어 있었다. 어떤 프로그램을 제작하려고 독일로 출장을 가야 하는데 작가가 필요하다는 것이었다. 솔직히 이제까지 해온 분야가 아니었기에 조금 망설였다. 그리고 조금 두려웠다. 하지만 나는 그걸 기회라고 생각하고 덥석 잡았다. 그리고 해냈다. 조금 두렵더라도 기회 앞에서 용기를 내면 과정 속에서 분명 배우는 게 있다. 그 배움 덕분에 나의 실력이 살찌워진다. 그걸 우리는 내공이라 부른다. 그 내공 덕분에 점점 전문가가 되어 가는 것이다. 그건 바로 기회를 잡는 것에서 출발한다.

기회를 보려고 노력한다는 것은 그만큼 삶에 적극성을 띤다는 것이다. 어떤 분야에 주파수를 맞추고 살다 보면 관심이란 것이 생긴다. 그렇게 관심을 갖고 하나둘씩 실천하다 보면 기회도 만난다. 기회는 가만히 있을 때 주어지는 것이 아니다. 기회라는 것이 왔을 때 알아채고, 잡을 수 있는 있는 능력을 길러야 한다. 그러면 온 우주가 도와서 나의 바람을 실현시켜 줄 것이다.

때로 기회는 다른 변형된 모습으로 우리 삶에 불쑥 불쑥 찾아온다. 처음에는 좋지 않아 보이던 것도 자세히 들여다보면 그게 기회인 경우가 많다. 그래서 '시련은 축복의 변형된 모습'이란 말도 있지 않은가. 나도 이제까지 인생을 살면서 시련을 많이 겪었다. 신은 각자에게 감당할 수 있는 만큼의 시련을 주신다고 한다. 처음에는 그게 무슨 의미인지 몰랐다. 그런데 정말 사람마다 각자의 인생에서 딱 견딜 수 있는 만큼의 시련을 주신다. 그런데 그 시련을 겪고 나면 어떤 식으로든 축복이 찾아오기 마련이다. 다음에 다가오는 일을 견딜 수 있는 내성이 생겨서 그런 건지, 아니면 정말 시련을 겪어냈기에 보상의 개념으로 큰 축복이 임하는 건지는 모르지만 기회라는 것도 이와 같다.

20대 초반부터 터를 잡고 산 서울 전셋집에서 어느 날 경매에 들어간다는 통지서를 받았다. 그때도 나만의 특유의 낙천성이 발휘되어 '내게 무슨 일이 있겠어?'라는 생각만 하고 아무것도 알아보지 않았다. 그런데 집은 순식간에 다른 사람의 손으로 넘어갔고 나는 전세금을 다 날려야만 했다. 그런데 나중에 그게 바로 내 집을 가질 수 있는 절호의 기회였다는 것을 알았다. 때로는 시련이라는 변형된 이름으로 나에게 다가오는 기회를 놓치지 말자는 이야기다. 그리고 생각만 하지 말고 떠오르는 즉시 행동하자는 말이다.

내가 원하는 일에 주파수를 맞추고, 꿈을 꾸고 있으면 기회는 언제일지 모르지만 오기 마련이다. 그런데 신기하게도 기회란 놈은 보려는 사람에게만 보인다. 아무나 볼 수 없다. 간절한 마음을 가지고 있으면 행운이란 것이 따라온다. 간절함 때문에 노력을 하고, 그에 따른 행동을 하기 때문이다. 기회가 왔다면 묻거나 따지지 말고 그 즉시 행동으로 옮겨야 할 것이다. 어떤 경험이든 다 나에게 피가 되고 살이 되니까. 운이 좋게도 나는 이제껏 많은 기회를 만났다고 생각한다. 뭐든 기회라고 생각하는 나의 긍정적인 마음 때문인 것 같다.

우리 그렇게 잊지 말았으면 한다.

기회라는 것은 보려는 사람에게만 보인다는 사실을⋯⋯.

그리고 지금부터 눈을 크게 뜨고 기회라고 오는 것들을 잘 살피면서 내 것으로 만들며 그렇게 많은 성장과 발전을 했으면 한다.

07

내가 여행을 하는 이유

"뭐 하러 고생하며 해외여행을 가? 이렇게 편하게 앉아서 텔레비전으로 다 볼 수 있는데……."

평소 한국이 제일 좋다고 생각하는 아버지께서 텔레비전을 시청하시다가 위와 같이 말씀하신다. 맞는 말이다. 언제부턴지 해외여행 프로그램이 TV를 장악하고 있다. 우리는 이제 안방에 가만히 앉아 버튼 하나만 누르면 세계 여러 나라를 구경할 수 있는 시대에 살고 있다. 하지만 아이러니하게도 해마다 인천공항을 출입국 하는 사람의 숫자는 역대 최다 기록을 갱신한다. 그만큼 해외여행이 대중화되었다는 뜻이다. 왜 우린 굳이 고생을 하면서 여행을 하려 하는 것일까?

같은 곳을 여행하더라도 여행하는 사람의 동기가 다르고, 이유가 다르다. 교환 학생을 하다가 방학이 되어서 여행을 하기도 하고, 몇 년째 취직이 안 돼서 마음 정화를 하고자 여행을 하기도 한다. 또는 직장을 다니다가 슬럼프가 와서 사표를 던지고 여행을 다니기도 하고, 인생의 터닝포인트를 맞고 싶어서 오는 등 이유는 가지각색이다.

하지만 이러한 여행도 우선 마음에 동기가 생겨야만 할 수 있는 것이다. 무작정 시간이 많다고 해서 여행을 할 수 있는 것도 아니고, 경제적으로 여유가 있다고 해서 갈 수 있는 것도 아님을 안다.

나의 첫 해외여행은 얼토당토않은 나의 '선언' 때문에 이루어졌다. 대학을 졸업하고 들어간 첫 직장인 방송국에서 내가 맡은 방송 프로그램이 개편으로 종영된다는 소식을 들었다. 피디들은 방송국 직원이라 방송 프로그램이 없어진다 해도 직장에 나가야 한다. 하지만 방송작가는 대부분 프리랜서다. 그 말은 방송 프로그램이 끝나면 바로 나오지 않아도 된다는 뜻이다. 다른 프로그램이 바로 연결된다면 당연히 일을 해야겠지만. 다행인지 불행인지 바로 연결되는 프로그램은 없었다. 나는 그때 고작 1년도 안 돼 막내 작가였다. 방송이 끝난다는 소식을 전하며 피디님은 말씀하신다.

"그래서 이제 프로그램 끝나면 뭐 할 거야?"

"여행 갈 거예요. 유럽 여행이요!"

그때까지만 해도 유럽 여행은 생각도 못했었는데, 나도 모르게 불쑥 이 말이 튀어나왔다. 그리고 나는 뱉은 말에 책임을 져야 한다며 여행을 준비하기 시작했다. 그게 내 해외여행의 시작이었다. 그리고 그 여행 경비를 온전히 내 힘으로 모았다. 20대 초반, 아직 대학이라는 울타리에서 더 보호를 받아도 되는 나이일 수도 있는데 일찍 사회에 나왔다. 누군가는 일을 시작할 수도 있는 나이기도 하지만, 개인적으로는 사회가 모질게 느껴지기도 했다. 아직 경험치가 부족해서일 수도, 마음이 그리 단단하지 못한 상태라서 그럴 수도 있다는 생각이 들었다.

일이 끝났다고 부모님께는 솔직히 말씀드리지 못했다. 일은 다시 찾으면 되는 거니까, 부모님께 괜한 걱정을 끼쳐드리고 싶지는 않았다. 또한, 부모님이 원하는 인생을 나에게 주입할 만한 틈새를 만들고 싶지 않기도 했다. 충분히 그럴 만한 여지가 있기 때문이었다. 그렇게 난 소리 소문 없이 한 달 동안 첫 배낭여행을 떠났다.

20대 초반의 해외여행은 호기로 했고, 사진 찍기 좋은 유명한 장소 위주로 다녔다. 봐야 할 게 많았기에 여행 중에도 무척 바빴다. 여유가 없었다고나 할까. 대부분 루트는 가이드북에서 추천해주는 동선에 맞췄다. 마음에 담기보다는 사진에 담기 위한 여행이었다. 하지만 그동안 여행을 통해 많은 경험이 축적 되면서, 그게 전부가 아님을 알았다. 어디서 무엇을 보는 것도 중요하지만, 내가 그 순간 그곳에서 어떤 사람을 만나서 대화 하고, 어떤 감정을 느끼는지를 더 중요하게 여기는 사람이라는 것을 알았다. 난 그렇게 감정이 중요한 사람이었다.

사람마다 같은 장소에 가더라도 겪는 일은 모두 다르기에 남 들이 찍어 온 영상이 대신할 수는 없다. 내가 다녀온 곳이 텔레 비전에 나온다면, 보면서 공감은 할 수 있겠지만 완전한 여행을 했다고는 말할 수 없는 이유다. 여행은 보이는 것보다는 보이지 않은 것으로 채워지는 것도 많기 때문이다. 현실을 살아가다가 오직 나의 오감이 기억하고 있는 것을 꺼내 보면 활력소가 된 다. 그런 추억이 있다면 확실히 살아갈 때 위로와 힘이 된다.

일상 속에서는 나 자신을 만날 기회가 없다. 일 속에서, 사람 들의 관계 속에서 너무 많은 고민을 해야 하기 때문이다. 내 마 음을 돌보는 것은 뒷전이 된다. 눈에 보이는 일을 처리하느라 고. 하지만 억지로라도 시간을 내서 나를 만나야 한다. 다른 사 람과의 대화보다 나 자신과의 대화가 중요한데 우리는 그렇게 살아오지도 않았고, 자신과의 대화를 어떻게 해야 하는지도 모 른다.

하지만 여행을 하다 보면 삶이 굉장히 심플해진다. 단순히 무엇을 먹을까 고민하고 어디를 걸을까 고민하고 어디를 갈까 고민하는 것뿐이다.

내 마음속의 소리에 더 귀를 기울이게 된다. 일상에서 해결되지 않은 고민도 여행을 가보면 해결되는 경우도 많다. 애초부터 내가 고민해서 해결될 문제가 아니었던 것이다. 그러면 거기서 조금 분리된 시선을 가질 필요도 있다.

나는 평소에 흔들리는 갈대 같은 마음을 가졌다고 생각했는데 오히려 낯선 환경에서 안정감을 느꼈던 것 같다. 한국에서는 나도 모르게 강박관념이 있었던 것이다. 남들처럼 노멀하게 살아야 하며, 특별함을 추구하면 안 된다는 강박관념. 그런데 여행을 떠나는 순간 나는 특별한 사람이 된 것 같았고, 나와는 다른 삶의 터전에 갔을 때 뭔지 모를 편안함이 느껴졌다. 나는 그냥 그런 사람이었던 것이다.

첫 해외여행부터 지금까지 돌아보니 난 꽤 많은 곳을 여행했다. 직장을 다니거나, 방송을 계속 꾸준히 쉬지 않고 했더라면 이렇게 많은 나라를 여행하지 못했을 것이다. 나는 내 인생에서의 틈새를 잘 활용해서, 그 사이를 여행이라는 브릿지로 채웠다는 생각이 든다. 그 브릿지와도 같은 시간 속에서 난 진정한 나를 만났다. 내가 해야 되는 일 속에서가 아니라 모든 것을 던지고 왔을 때 비로소 내가 보이기 시작했다는 것이다.

《여행이 나에게 가르쳐 준 것들》의 저자 추스잉은 이렇게 말한다.

"자신을 모르는 사람은 어디를 여행해도 다른 사람을 이해하지 못한다. 하루하루를 여행하듯 살지 못하는 사람은 깃발을 휘날리며 세계여행을 해도 여행을 오롯이 즐기지 못한다. …… 결국 겸손한 사람, 세상에 무궁한 호기심이 있는 사람, 끊임없이 자아를 탐구하는 사람만이 여행 중에 만난 사람들과 여행하면서 자양분을 얻는다. …… 여행은 낭만적인 외출이 아니다. 중요한 것은 여행을 통해서 스스로 변하고, 독립적인 생활방식과 사고방식을 배우고, 스스로 더 만족스러운 사람이 되는 것이다."

여행을 다녀왔다고 하면 사람들이 제일 많이 하는 질문이 "어디가 제일 좋았어?"다. 나는 이 질문에 대답하는 것이 힘들다. 그 어떤 장소든 의미가 있으며, 의미를 부여하면 다 좋기 때문이다. 각각의 다른 매력으로 말이다. 그래서 평준화시켜 순위를 매길 수 없다.

무엇보다 분명한 건, 여행을 하면서 나는 독립심이 많이 생겼다는 것이다. 그리고 남들이 말하는 행복이란 것이 초점을 맞춰서 살지 않게 되었다. 그저 내 마음에 귀를 기울이고, 내가 누군지 알게 되었다. 그렇게 스스로 변했고 스스로 더 만족스러운 사람이 되었다. 솔직히 예전에는 현실이 싫어 도망치듯 떠났다고도 말할 수 있다. 그런데 지금은 달라졌다. 이제는 여행을 통해 현실을 더 잘 살 수 있게 되었다.

누가 나에게 여행을 왜 하느냐고 묻는다면 이제는 한 치의 망설임 없이 이렇게 대답할 것이다. 현실을 더 잘 살기 위해 난 여행을 한다고.

08

여행은 어떻게 삶을 바꾸는가

여행이 나의 삶을 바꿨느냐고 누군가 묻는다면 난 그렇다고
말할 것이다. 돌이켜 생각하면 20대 때의 나는 내가 살고 있는
한국이란 땅에 발을 온전히 붙이지 못하고 있었다. 혹시 내가
태어나야 할 곳은 다른 곳이 아니었을까라는 의문을 가지며,
엉뚱한 상상의 나래를 키워보기도 했다. 무엇보다 세계 여러
나라에서 살아보고 싶다는 로망을 키워갔다. 그래서 자꾸 떠나
고 싶었다. 한국이 아닌 다른 곳으로.

그렇게 여행을 시작한 지 15년이라는 시간이 흘렀고, 40개국
이 넘는 곳을 여행하면서 현지인의 삶을 보았고, 이민자의 삶
도 보았다. 그 경험들 속에서 느낀 점이 있다면, 서로의 생김
새와 사는 모양이 다를 뿐이지 각자의 테두리 안에서 짙어지고

사는 삶의 무게는 비슷하다는 것이다. 전에는 솔직히 외국에서 사는 삶이 부러웠다. 내가 해보지 못한 것이었으니까. 그런데 지금은 한국이란 나라도 좋은 점이 많다는 것이 보인다. 나의 시선이 변한 것이다.

그런 의미에서 얼마 전에 친구를 만나 이야기한 것을 써보고자 한다. 나와 공통점이 많은 친구였다. 여행을 좋아해서 20대 때부터 여행을 많이 다녔고, 다른 나라의 언어에 대한 호기심이 많은 것도 비슷했다. 그래서 지금도 언어에 대한 공부를 꾸준히 하고 있다. 우리는 이야기의 주제도 일부러 정했다.

주제: 한국으로 여행을 왔을 때, 한국이 매력적인(좋은) 점은 무엇일까?

첫째, 한국 음식이다. 건강하면서 다채로운 한국 음식은 어디에도 비할 데가 없다.

둘째, 교통수단이 매우 좋다. 버스와 지하철 모두 연결이 잘 되어 있고, 쾌적하고 이용하기 편리하다.

셋째, 통신 수단이 빠르다. 전 세계에서 한국이 제일 빠른 통신 환경을 자랑하지 않을까?

넷째, 한국어다. 과학적이고 생긴 그대로 소리를 내는 한국어는 굉장한 언어라는 것이다.

10년 전만 해도 우리는 한국이 살기 힘든 이유에 대해 열변을 토했었다. 한국은 지나친 경쟁 사회고, 직업 구하기도 힘들고, 집 사기도 힘들고, 마음의 여유는 없다는 등의 이유를 들며 한국에서 살기 싫다는 말을 했었다.

그런데 시간이 흘러 많은 곳을 여행하고, 경험하면서 이렇게 한국에 대한 나의 시선이 긍정적으로 바뀌었다는 사실이 신기했다. 그리고 나 혼자만 느끼는 것이 아니라 공감할 수 있는 사람이 있어서 좋았다. 그 친구는 미국인과 결혼했다. 그 친구 역시 외국에 나가서 사는 게 로망이었는데 지금은 그 로망이 다 없어졌다고 한다. 그냥 한국에서 살면서 좋은 사람과 함께하는 게 좋단다.

이렇게 여행이라는 경험은 삶에 대한 태도와 시선을 변화시킨다. 내가 용기 내 여행을 다니지 않았더라면 나는 아직도 현실에 만족하지 못하고, 저 멀리에 있는 파랑새만 쫓으며 살고 있었을 수도 있었다.

지금은 인생에 대한 생각이 좀 더 가벼워진 느낌이다. 그렇게 서성거리며 발을 못 붙이며 살 것 같던 땅이 편안하게 느껴지기도 한다. 살아가는 데 그렇게 많은 것이 필요하지 않다는 것을 알게 되고, 내가 추구하는 삶의 방식을 확실히 알게 되었다. 내가 어떤 것에 행복을 느끼고 즐거워하는지 말이다. 그래서 남의 인생과 비교하면서 시간을 보내는 어리석은 짓을 하지 않게 되었다. 그렇게 여행은 나를 바꾸고 내 인생을 바꾸었다.

인생을 바꾸는 것은 그리 거창한 일이 아니다. 삶에 대한 시선을 바꾸고 내가 조금 더 행복해지는 것이다.

"그래요. 전 이제 걸을 때도 다르게 걷게 되었어요. 몸이 스스로를 향해 열리면서 그동안 무의식적으로 자기도 모르게 구부정해지던 자세가 펴지면서 이제 더 이상 가슴을 움츠리지 않고 내 여성성의 본능적이고 생물학적인 명령대로 어깨를 활짝 펴고 엉덩이를 살랑살랑 흔들며 걸어요."

《지친 영혼을 위한 달콤한 여행 테라피》에서 저자 질리안 로빈슨에게 편지를 보낸 오십대의 소설가 멜리사의 말처럼 나 또한 스스로를 향해 몸이 열리는 경험을 했다. 바로 이건 자신감을 갖게 되었다는 뜻이고, 삶의 시선이 온전히 남이 아닌 나에게로 옮겨졌다는 뜻이기도 하다. 내 모습 하나 하나에 의미를 부여하기 시작하고, 자세가 곧아지고 당당해졌으며 나를 사랑하게 되었다는 뜻이기도 하다.

얼마 전에 실연한 친구가 말했다. 그 사람과 결혼할 생각도 없었고, 연애만 하다가 헤어지려 했는데, 막상 이별을 하니 너무 힘들다고 했다. 객관적인 상황은 잘된 일인데, 그가 그동안 했던 말과 행동이 과연 진심이었을까에 초점을 맞춰 생각하다 보니 자신이 초라하고 작게 느껴진다고 했다. 본인의 초점이 아닌 자꾸 상대방의 시선에서 자신을 생각하게 된다고.

나 또한 나의 초점으로부터 자유롭지 못한 사람 중 하나였다. 남이 원하는 나의 모습에 맞추려고 나를 그냥 거기에 놓아주고 있다. 그럴 필요가 없는데도 말이다. 여행을 통해 나는 나로부터 시작하는 가치관을 배웠다. 그렇게 생긴 가치관은 나에게 어떤 공격이 와도 버틸 수 있는 힘을 준다. 나의 존재 자체로 귀한 사람이라는 생각을 하고 남들이 말하고 규정하는 내가 아니라 온전한 내 목소리에 기울이는 삶을 살게 해준다. 그 목소리에 귀를 기울일 때 삶이 조금씩 바뀌는 것이란 생각을 한다.

그런 의미에서 여행은 나로서의 자유를 갖게 한다. 거기에서 내가 어떻게 살아가야 하는지 나만의 가치관과 방법을 터득하게 한다. '방송'이 내 인생의 전부였던 시절이 있었는데, 그것이 나 자신을 능가할 수 없다는 것을 깨달았다. 좀 더 큰 그림을 보게 된 것이다. 세상에는 다양한 사람과 다양한 직업이 있고, 행복은 그 어떤 직업에서 오는 것이 아님을 알게 되었다. 어떤 일을 해서 행복해서가 아니라 그냥 '나 자체'로 행복한 느낌을 갖게 되었고, 어디서나 충만한 삶을 살게 되었다. 그냥 내가 숨을 쉬고 걷고 뭔가를 할 수 있는 사실 그 자체를 응원하는 삶을 살 수 있게 되었다는 말이다.

내가 15년 동안 여행을 하면서 깨달았던 것들을 모아 보았다. 우선 나는 나에 대한 자존감이 높아졌다. 그리고 현실에 만족하는 삶을 살고 있다. 불안해 보였던 나의 생활이 나에 집중하면서 더 이상 불안하지 않게 되었다. 여행을 통해 현실을 더 잘 살 수 있게 되었다. 그리고 그 현실에서 내 여성성의 본능적이고 생물학적인 명령대로 어깨를 활짝 펴고 엉덩이를 살랑살랑 흔들며 걷는 방법도 알게 됐다. 그렇게 난 매일 아름답게 살고 있는 중이다.

Chapter 2

혼자만의 여행이 두려운 당신에게

01

혼자가 두려운 당신에게

어린 시절부터 지금까지 나는 항상 누군가와 함께였던 것 같다. 어렸을 때는 형제, 자매와 그리고 조금 커서는 항상 친구들과 함께 뭔가를 했다. 가족 구성원이 많은 곳에서 자라다 보니 혼자 있는 환경이 익숙하지 않아서, 혼자 남겨지는 상황이 되면 외로움을 곧잘 느끼기도 했다. 그러다 보니 굳이 뭘 같이하지 않더라도 옆에 누군가 있는 것만으로 안정감이 들었다. 그리고 옆에 있는 사람에 대한 '배려'가 나도 모르게 습관이 되었다.

삶에서의 습관이 이런데 여행 또한 오죽하랴. 혼자 여행을 간다는 것은 꿈도 못 꿨다. 내 인생에서 절대 있을 수 없는 일이었다. 그래서 20대 때는 항상 시간이 되는 친구, 마음에 맞는 친구와 여행을 같이 했다. 다행히도 나는 '여행을 함께 다녀오면 친구 사이가 깨진다'라는 말에 공감하진 못한다. 친구와 함께했던 여행 모두가 좋았기 때문이다. 마음에 맞는 친구 한 명은 더없이 좋은 여행 동반자가 됐다.

하지만 정말 맘에 들지 않는 사람이랑 가면 스트레스만 받고, 그 관계는 깨질 것이다. 누군가와 24시간을 함께한다는 건 여간 조심스러운 일이 아닐 수 없기 때문이다. 어떤 친구는 유럽 여행을 갔는데 마음에 맞지 않은 친구랑 한 방을 쓰고, 같이 다녀야 해서 여행을 망쳤다고 한다. 이런 경우를 보면 가끔은 외롭지만 혼자가 더 편할 수도 있겠다는 생각이 든다.

사회적인 추세도 혼자 하고 즐기는 것을 어색해하지 말라고 말한다. 텔레비전에서나 일상에서나 심심치 않게 등장하는 단어가 이를 증명해 준다. 혼밥(혼자 먹는 밥), 혼술(혼자 먹는 술), 혼행(혼자 하는 여행), 혼영(혼자 보는 영화)까지 말이다. 최근 몇 년 사이에 생긴 신조어들이다.

그렇다면 온전히 혼자가 된다는 것은 어떤 의미일까? 바로 자신과 더 친해진다는 의미가 아닐까 싶다. 내가 진정 무엇을 원하는지, 무엇을 싫어하는지, 나는 어떤 사람인지를 더 알아가는 시간. 혼자 있을 때 내 자신에게 더 귀를 기울일 수 있기 때문이다.

혼자만의 시간을 가져야 한다는 건 알지만, 온전히 즐기기란 쉽지 않아 보이는 것도 사실이다. 혼자이기에 때로는 너무 많은 생각들이 지배하고, 자신의 연약함과도 맞닥뜨릴 수 있다. 대부분 그런 연약한 자신과 싸우는 시간이 될 수도 있다.

특히, 혼자 여행하는 시간은 더 그럴 것이다. 낯선 곳에서 혼자임을 선택한다는 건 의지할 대상이 없어지는 것인 만큼 굉장한 용기를 필요로 한다. 모든 것을 내 결단에 의해 선택해야 한다. 칭찬도 후회도 모두 내 몫이다. 어쩔 때는 들키고 싶지 않은 자신의 마음까지 들키게 된다. 그럴 때는 나 자신과의 대화를 시도하는 게 좋다. 무인도에 혼자밖에 없는 심정으로 대화하며 나 자신과 맞닥뜨리는 것이다. 전에는 보이지 않던 모습이 보일 수도 있다. 그런 모습이 보일 때는 인정하고 품어주면 된다. 그렇게 절대적으로 나를 알아가고, 인정하게 되는 것이다. 그래서 난 혼자만의 시간이 필요하다고 생각한다.

혼자 여행을 해야겠다고 마음먹은 20대의 끝자락에 워밍업으로 제주도 여행을 갔다. 혼자 스쿠터로 제주도를 일주하겠다고 계획하고 행동에 옮겼다. 그런데 여행의 끝 무렵 나는 일주일 동안 단 하루도 혼자였던 적이 없었다는 것을 알았다. 혼자 가더라도 더 다양한 사람들로 여행이 채워지는 것을 경험했다.

그 후에 해외여행도 용기를 냈다. 유럽에서 1년 정도 여행하면서 살아보기 프로젝트였다. 그 여행이야말로 같이 갈 친구를 찾기 힘들뿐더러 길고 긴 시간을 견뎌야 했기에 실천하기까지 쉽지 않은 단계를 거쳤다. 하지만 제주도 여행에서 용기를 얻어 떠났다. 그리고 정말 많은 사람을 만나고, 느끼고, 경험했다. 여행지에서는 내 삶의 바운더리에서라면 평생 알고 지낼 일이 없을 것 같은 사람들과 만난다. 그 만남 속에서 대화를 나누며 새로운 세계를 알아간다. 그렇게 편협했던 나의 사고가 확장이 되어가는 것을 느낀다. 그때부터 난 혼자 떠나는 여행의 묘미를 알게 되었다.

사람이 성장하려면 혼자 있는 시간이 많아야 한다는 것에 공감하는 바다. 누군가와 함께여서 좋은 부분도 물론 있지만, 항상 같이 있을 수는 없지 않은가. 그리고 나 자신을 데리고 살 사람은 나뿐이다. 성장에는 혼자 있는 시간이 반드시 필요한 법이다.

혼자일 때 우리는 종이에 뭔가를 쓰면서 정리를 해나간다. 그게 하루 여행의 마무리일 수도 있고, 떠오르는 생각의 정리일 수도 있다. 그렇게 하루하루 정리해 나가면서 여행이, 그리고 인생이 나도 모르게 성장과 발전을 가져다준다.

《혼자 있는 시간의 힘》에서의 사이토 다카시의 말처럼.

"사람들과 함께 있을 때는 온전한 내가 될 수 없다. 왜냐하면 다른 사람을 의식하게 되어 자신의 개성과 성격을 전부 상대방에 맞추기 때문이다. 그래서 '자신의 중심을 되찾는 것'이 필요하고 이러한 기회는 아이러니하게도 혼자 있는 시간에 온다. …… 사실 방랑은 그 자체가 혼자 있는 시간을 즐기는 기술이다. 마음이 한곳에 머물면 상태는 악화되지만 걷기 시작하면 주변의 풍경이 바뀌어 간다. 주변 풍경이 내 뒤로 흘러가고 그런 흐름에 융화되면 마음도 흘러간다. 이것이 외롭고 우울하다고 집에만 틀어박혀 있지 말아야 할 이유다."

특히 이 글처럼 나는 다른 사람을 의식해서 나의 개성과 성격을 상대방에게 맞추는 습관이 배어 있었다. 그래서 내 의견을 피력할 때는 굉장히 불편했다. 하지만 혼자 여행하며 나의 싫은 모습도 맞닥뜨리면서 나만의 중심을 찾아 나갔다. 누군가와 함께 있을 때는 나의 모습을 감추고 적당히 비유를 맞추면서 따라가면 그만이다. 하지만 혼자서 모든 것을 결정할 때는 내가 부정하고 싶은 나의 모습까지 보게 마련이다.

일례로, 나는 여행지에서나 일상에서나 돈을 찾을 때 ATM기에서 수수료 나가는 것을 싫어한다. 내가 가치를 느끼는 부분에는 많은 돈을 지불해도 된다. 그런데 이런 문제는 좀 다르다. 그래서 가끔 여행지에서나 일상생활에서 수수료가 나가지 않는 은행을 찾으려고 고생하다가 '내가 왜 이러고 있지?'라는 자괴감에 빠질 때가 있다. 그냥 돈을 더 쓰면 되는 문제인데 말이다. 그게 그냥 나의 가치관이라는 생각이 든다. 자괴감이 들 이유는 없을 것 같다. 그런 나의 모습을 발견했을 때는 나에 대해 솔직하게 인정하는 것이 중요한 것 같다.

　나의 가치관을 확실히 알고, 어떤 것이 나를 행복하게 하는지 알았다면 어떤 상황에서든 자신이 생각하는 부분을 솔직하게 표현하는 것도 중요하다고 본다. 표현도 습관이 되어야 한다. 나를 치밀하게 들여다보는 여행을 하면 이 모든 것이 가능하기에 적극적으로 추천하는 바다.

　혼자 여행을 가지만 더 많은 사람을 만나고 대화하면서 결국에는 혼자가 아님을 깨닫게 될 것이다. 장담하건데 더 재미있고 풍성한 여행이 될 것이다. 좀 더 단순하게 저질렀으면 좋겠다. 이것이 혼자가 두려운 당신에게 내가 해줄 수 있는 조언인 것 같다. 내가 그랬던 것처럼.

02

익숙한 것들과 결별하기

 아무리 크고 좋은 집에 간다고 해도 내 집보다 못하다고 느끼는 건 내 집이 제일 익숙하기 때문이다. 익숙하다는 것은 편안함이다. 하지만 성장과 발전은 불편하고 낯선 환경에서 이루어지기도 한다. 사람 사이의 '관계'도 마찬가지가 아닐까. 조금 불편하더라도 낯선 환경으로 들어가야 새로운 만남도 이루어지고 삶에 자극이 되는 건 사실이다.

 내 인생에서도 낯설고 불편한 순간들이 있었다. 아니, 아주 많았다. 당시에는 그 시간이 힘들었지만, 다 지난 지금 느끼는 건 불편하더라도 그 자리에서 묵묵히 견디면 어느 순간 인정받고 있더라는 것이다. 어느 정도 존재하던 나 자신에 대한 두려움이 사라졌다는 말이다. 그래서 어느 정도의 '불편함'을 즐기

게 됐다. 잠깐의 '용기'와 지속되는 '인내' 덕분에 한층 성숙했다
고도 말할 수 있을 것이다.

처음으로 사회생활을 한 방송국은 내게 익숙한 모든 것들
과 결별하게 만들어 주었다. 나의 모든 것들을 용납해 주는 학
교라는 울타리와 결별하게 했고, 늦게 일어나는 나의 생활 습
관과 결별하게 했다. 이제까지 익숙하던 모든 환경과 작별하
고 나는 소위 말하는 프로들과 공존하며 그 세계를 배워갔다.
처음에는 실수도 많이 했다. 남몰래 눈물을 흘린 적도 많았다.
20대 초반의 나이라 아직 학교를 다니며, 익숙한 환경 속에서
사는 친구들이 부러웠다. 왜 내가 이런 낯선 환경에 놓여 나에
게 맞지 않은 옷을 입고 있을까 생각한 적도 있었다. 하지만 누
가 하라고 떠밀지 않았다. 나의 선택이었기 때문에 묵묵히 감
당해야만 했다.
그런데 시간이 흐르고 어느 순간 낯설었던 환경이 익숙한 환
경이 되었다는 것을 알았다. 자연스럽게 동화되고 있었던 것
이다. 그리고 방송국에서 처음 일할 때, 하늘같이 높아 보였던
PD님과 메인 작가, 그리고 연예인들까지 다 똑같은 사람이구
나 하는 것을 느끼게 되었다. 새로운 환경이 온다 해도 결국 버
티는 게 승자다. 그리고 그 안에서 새로운 만남은 이뤄지고 또
다른 나의 세상이 만들어진다. 그러니 어떤 환경에 놓이더라도
두려워할 필요 없다는 뜻이다.

여행지는 철저하게 낯선 환경이다. 사람도, 언어도, 보이는 풍경이 다 낯설다. 이 또한 나에게는 익숙한 것들을 벗어 던지고 새로운 길로 들어가는 과정이다. 익숙하고 편안한 내 집을 버리고 때로는 불편한 여행을 하는 이유는 나를 발견하기 위함이 클 것이다. 나를 알고 인정해 준다는 것은 그 어떤 앎보다 큰 축복이다. 그런데 그 '자아'라는 것이 도무지 익숙한 환경에서는 보이지 않는다. 어쩌면 주변 사람들이 생각하는 것에 맞춰 실망시키지 않으려고 노력하는 내 모습이 있을지도 모르겠다. 낯선 환경에서는 전에 몰랐던 나의 생경스러운 모습이 불쑥불쑥 튀어나오기도 한다. 진정한 나의 모습이다.

"때로는 여행지에서 평소 시도하지 못했던 일들을 스스럼없이 해보기도 하며 그 과정에서 또 다른 나를 발견하기도 한다. 그래서 떠나면 떠날수록 내가 누구인지 더 잘 알게 되고 길은 더 선명하게 드러난다."

《떠나지 않으면 안 될 것 같아서》의 저자 이애경 씨의 말에 공감할 수 있는 이유이다.

익숙한 것들과 결별했을 때 느낄 수 있는 축복이다. 나 또한 익숙한 것과의 결별이 쉽지는 않았다. 항상 누군가 옆에 있어야 여행을 갈 수 있었다. 같은 것을 보고 함께 공유할 사람이 있어서 좋았다. 하지만 어느 순간 이런 생각을 했다. 익숙한 친구마저 결별하고 혼자 여행을 떠나면 어떨까? 두려웠다. 하지만 용기를 냈다. 그리고 행동했다. 처음엔 낯설었는데, 그 또한 금방 익숙한 나의 환경이 되었다.

낯선 환경에서 혼자 있을 때 오히려 새로운 만남이 많았고, 즐거웠다. 더 많은 여행자와 소통할 수 있었고, 그들에게 삶의 이야기를 들을 수 있었다. 누군가에게 기댈 수 없기에 독립심도 길러진다. 그렇게 새로운 시선이 열린다. 그 이후 나는 혼자 여행하는 것을 두려워하지 않게 되었다. 그리고 더 많은 소통을 하고, 더 풍부하게 여행을 채워갔다.

익숙한 것들과 결별하는 또 하나의 방법은 여행지에 가서 아날로그적으로 살아보는 것이다. 우리는 여행지에서조차 블로그나 텔레비전에서 나온 유명한 장소를 찾아내느라 여념이 없다. 그건 그냥 "나도 여기 왔어요" 하고 인증하는 여행일 뿐이다. 물론 그 여행도 의미가 있다.

하지만 나는 좀 더 나아가서 여행지에 꼭 가봐야 할 장소란 없다고 생각하고, 내 마음의 소리를 따라 여행한다. 그때는 많은 정보를 찾아보지 않는다. 소통을 최소한으로 하고 필요한 정보만을 취해 마음이 시키는 대로 여행을 해보는 거다. 때로는 두려움이 들 때도 있다. 하지만 그 두려움만 이겨내고 나면 전에는 느껴보지 못한 환희의 기분을 느낄 때가 많다. 그리고 예상치 못한 사람을 만나고, 생각지도 못한 행복을 느끼기도 한다. 그리고 진정한 내가 되어 가는 기분을 느낀다.

　나는 세상의 속도에 맞춰 빨리 적응하지 못한다. 여행 또한 그렇다. 남들이 다 하는 것보다 나만이 하는 것에 초점을 맞추려고 한다. 그 느낌을 받으려면 그 도시에 대한 정보가 없으면 없을수록 좋다. 처음 도시에 도착했을 때의 공기와 냄새, 날것의 느낌을 느껴본다. 그리고 여행 정보 센터에서 가서 도시 전체 지도를 구한다. 그 지도의 표시를 따라 내가 가고 싶은 순서대로 한번 길을 걸어보는 것이다. 어쩔 때는 길을 힘들게 돌아가기도 한다. 하지만 그곳에서 예상치 못한 재미있는 일들을 만난다. 그리고 남들이 간 빤한 길이 아니라 낯선 골목에서 오히려 행복을 느낄 때가 더 많다. 내가 본 익숙한 풍경이 아니라 정말 새로운 곳에서 깨닫는 경우가 많은 것이다.

　매일 똑같은 환경에서 살다가, 다른 나라에서 살아보면 어떨까라는 생각을 했다. 주저 없이 영국에서 살아보기로 결정하고, 일단 캠브리지로 가기로 했다. 한국 사람이 많지 않은 익숙하지 않은 곳으로. 완전히 혼자였고, 그렇게 새로운 세상으로 발을 내디뎠다. 그곳에서도 한 달 정도 지내니 익숙한 일상이 되었다. 그리고 나도 모르게 성장했다는 것을 알 수 있었다.

　뭔가 멈춰져 있는 것같이 느껴질 때 한국 사람들의 불안감은 끝이 없다. 끊임없이 자신을 다른 사람들의 삶과 비교하기 때문이다. 그러면서도 사람들은 또 다른 뭔가를 향해 떠난다. 낯선 환경에 나를 두는 것이다. 그리고 또 그 길을 똑같이 간다.

내가 개척하려 하기보다는 익숙한 것에 대한 안정감을 선택하는 것이다. 그래야 실수하지 않으니까 말이다. 하지만 자신이 느끼고 자신이 판단하는 진정한 가치관을 가지고 살려면 익숙한 모든 것들과 결별해야 한다. 그래야 좀 더 새로운 것들이 보인다. 변화하고 혁신하는 사람들의 공통점은 익숙한 것들을 받아들이지 않았다는 점이다. 변화를 두려워하지 않아야 한다. 다른 사람이 이렇게 해서가 아니라 나의 길을 찾는 것이다. 때로는 더디 가는 것처럼 느껴져서 불안할지라도 말이다. 그렇게 낯선 것이 가져다주는 성장을 한번 느껴보자.

03

여행을 일상처럼 하는 방법

　방송국에서 작가로 일할 때였다. 서류를 전달할 일이 있어서 주차장을 지나고 있었다. 그때 내 앞에 갑자기 차가 섰고, 어떤 여 가수가 내렸다. 순수하고 착한 이미지의 여성 걸그룹 멤버였다. 그런데 그녀는 오만가지 인상을 쓰고, "아! 짜증나" 하면서 차에서 내렸다. 그때 내가 받은 충격은 이루 말할 수 없었다. 그녀는 평소에 화도 안 낼 것 같은 인상이었기 때문이다. 그녀는 날 보지 못했고, 출연자 대기실에서 다시 만났다. 그녀는 텔레비전에 나오는 아주 밝고 환한 모습으로 인사를 건네고 있었다.

　그때 난 느꼈다. 연예인들도 사람이라는 것과 사람에게는 다양한 면이 있다는 것을. 그리고 보이는 모습이 그 사람의 전부는 아니라는 것을 말이다. 연예인들이 방송에서 보여주는 모습은 단면이거나, 만들어진 모습일 수도 있다. 하지만 대중은 그 모습이 그 사람의 본모습일 것이라고 추측한다. 내가 본 연예인을 예로 들었지만, 우리는 살면서 사람이든 사물이든 어쩌면 자신이 보고 싶은 대로 보는 게 아닐까 하는 생각을 해본다. 그리고 난 저 사건 이후로 한 장면만으로 판단하지 않으려고 노력한다. 다각적인 시선을 유지하려고 노력한다는 말이다.

여행도 이와 같지 않을까? 어떤 도시를 여행해보면 그 도시에서 여러 장면을 목격한다. 계절에 따라 다른 모습일 테고, 어떤 사람들을 만나느냐에 따라, 어떤 사건을 겪느냐에 따라 그 도시에서 받는 이미지와 느낌은 달라진다. 하지만 바쁘게 다니다 보면 단면만 볼 확률이 커진다. 그리고 그 단면이 여행의 전부를 결정한다. 그 여행을 감히 판단하겠다는 뜻은 아니지만 가끔은 여행을 일상처럼 하고 싶을 때가 있다. 한 도시지만 거기에서 주는 여러 가지 감정을 느껴보고 싶다는 것이다. 월요일부터 일요일까지 같은 일상을 사는 것 같지만 다른 기분을 느끼듯이 말이다. 여행했던 장소를 한 컷의 이미지로만 기억하지 않기 위함이다.

라오스의 루앙프라방에서 어떤 한국 여행자를 만났다. 나는 볼거리를 찾느라 굉장히 바쁘게 돌아다니다가 어떤 상점 앞에서 잠시 멈췄다. 내 이름으로 기념품을 만들어 주는 상점이었다. 특이해서 구경하고 있었는데 앉아 있던 분이 한국말로 말을 걸었다. 그래서 대화를 하게 되었다. 난 그때 태국과 라오스 두 나라만 15일 일정으로 왔는데 그 분은 지금 루앙프라방에서만 한 달을 지내고 계시다고 했다. 나는 의아했다.

"뭐 볼 게 있다고 그렇게 오래 계세요?"

"그냥 이곳에서 일상을 느끼고 싶어서요. 같은 도시인데 매번 느낌이 달라요. 하루는 이 도시가 굉장히 좋았다가 그 다음 날에는 또 싫었다가 해요. 그냥 살아보는 거예요. 여행은 보는 게 아니라 느끼는 거니까. 그리고 일상을 살지 않으면 그 깊이까지 느끼지 못하니까요."

"진짜 대단하시네요."

"시간이 많아서 그래요."

여행이란 것에 정답이 없기에 자기가 생각하는 대로 다니면 되는 거다. 하지만 난 이 분을 만나 얘기하면서 여행에 대한 새로운 시선을 갖게 되었다. 그리고 여행을 일상처럼 하기 위한 방법을 생각해 보았다. 이제까지는 여행지에 가서 각지에서 온 여행자들만 만났는데 현지인의 삶에 대해 관심이 생겼다. 그래서 현지인들과 많은 대화를 하려고 노력했다. 그리다 보니 여행자를 위한 장소가 아닌 현지인만 아는 비밀 같은 장소에 가기도 했고, 그 경험들은 무엇보다 더 특별하게 다가왔다.

라오스에서는 현지 학교는 어떻게 생겼을까 궁금해서 친구와 자전거를 타고 어떤 고등학교에 들어갔다. 거기서 또 어떤 학생과 이야기하게 되었다. 여러 가지 얘기를 하다가 이제 곧 끝나니 잠깐만 기다리라고 한다. 좋은 장소를 추천해 주겠다면서. 친구와 나는 기다렸고 친구 둘이 각자 스쿠터를 타고 우리에게 왔다. 우리는 자전거를 반납하고 그 친구들의 스쿠터 뒤에 탔다. 그리고 한참을 달려 현지인이 가는 숲과 폭포를 보았다. 그 기분은 정말 뭐라 말할 수 없을 정도로 생경했고 즐거웠다. 예상치 못한 곳에서 오는 즐거움은 배가 되었다. 그 이후로 나는 여행을 할 때 빡빡하게 계획을 세우지 않고 현지인과 최대한 함께하려고 노력한다.

여행을 일상처럼 하는 방법은 여러 가지가 있다. 여행지에서 자원봉사를 할 수도 있고, 단기 아르바이트를 할 수도 있을 것이다. 그리고 그 장소에서 유명한 뭔가를 배워볼 수도 있다. 언어를 배울 수도, 춤을 배울 수도, 요리하는 법을 배울 수도 있다. 그러면 단면만을 보는 것이 아닌 그 장소에 대한 다양한 면을 볼 수 있고, 추억을 가질 수 있다. 그리고 관람자에서 참여자로 변화시킨다.

영화 〈로맨틱 홀리데이〉를 보면 미국 L.A.에 살고 있는 여자와 영국 전원에 살고 있는 여자가 나온다. 이 둘은 누가 봐도 성공하고 예쁜 여인들이지만 각각 남자에게 상처를 받고 자신의 삶에 변화가 필요하다는 생각을 한다. 그들은 온라인상에서

'홈 익스체인지 휴가'를 보낼 수 있는 사이트를 발견하고 2주의 크리스마스 휴가 동안 서로의 집을 바꿔 생활하기로 계획한다. 낯선 여행지에서 살며 그곳에서 사는 사람의 삶을 느껴보고, 또 다른 만남을 시작하게 된다는 이야기다.

우리는 삶에서 어떤 사건이 생겼을 때, 또는 뭔가 변화를 원할 때, 또는 휴식을 하고 싶을 때 여행을 계획한다. 여행을 가고는 싶어 하지만 여행이라는 것은 어떻게 생각하면 굉장히 피곤한 일이다. 계획을 세워야 하고 준비할 것도 많다. 그럴 때는 이렇게 현지인의 집에 살면서 여행하는 기분을 느끼는 것도 좋은 방법이다. 이 영화처럼 말이다. 영화는 영화일 뿐이라 생각했는데 실제로 요즘에는 이런 여행을 하는 사람들이 늘고 있다. 그만큼 현지인과 소통할 수 있는 루트가 많이 발달했다는 증거다. 그리고 실제로 텔레비전 프로그램에서도 방송하고 있다.

요즘 많은 젊은 여행자들이 '카우치 서핑'을 이용하고 있다. 현지인의 집에서 숙박비 없이 자면서 현지인 친구도 사귀고 서로의 문화를 공유하는 좋은 취지의 사이트다. 좋은 호스트를 만나면 아주 멋진 경험을 쌓을 수 있다.

독일에서 만난 친구와 함께 아일랜드 여행을 계획했다. 그리고 아일랜드 더블린에서 카우치 서핑을 했다. 그곳에는 세계 각국에서 온 20대 청년들이 살고 있었다. 대부분 아일랜드에서 공부하려고 프랑스, 독일, 인도에서 온 친구들이었다. 그 친구들과 모두 모여 재미있게 이야기했고 우리는 한국 비빔밥을 해주면서 좋은 시간을 보냈다. 독일 친구가 한 달 동안 남미로 여행을 갔다고 했다. 그래서 우리가 독일 친구 방을 쓸 수 있었다. 우리에게 방을 준 독일 친구는 아마 카우치 서핑으로 남미 여행을 하고 있을 것이었다.

호텔에 머무르면서 내가 보고 싶은 것만 보고 먹고 싶은 것만 먹는 여행도 물론 좋다. 그런데 조금만 달리 생각하면 이렇게 많은 기회가 펼쳐진다. 물론 예측하지 못한 일이 많이 발생하기도 하지만 그래서 여행이 더 재미있는 것이 아닐까? 여행을 일상처럼 한다는 것은 내 마음을 열었다는 뜻이고, 모든 것을 포용할 준비가 되었다는 뜻이다. 그리고 그 마음 자세는 나에게 많은 경험과 추억을 가져다준다.

04

인도에서 배운 노 프라블럼 정신!

　인도 여행을 다녀온 사람들이라면 공감하는 것이 있다. 바로
'노 프라블럼(No problem, 괜찮아요)' 정신이다. 언제, 어디서
나, 어떤 상황에서든지 그들은 노 프라블럼을 외친다. 그들은
고개를 양쪽으로 갸우뚱하면서 환하게 웃는다. 화가 나는 상
황, 슬픈 상황에서도 문제가 없다고 말한다. 진짜 문제가 없어
서일까? 문제를 문제로 받아들이지 않겠다는 뜻일까? 뭐든 좋
다. 그들 삶의 행복지수는 높을 테니…….

　인도인의 모습 중에 신기한 건 어떤 상황이 생겼을 때 많은
사람들이 순식간에 모여든다는 것이다. 인도의 타지마할이 있
는 아그라에서 툭툭(오토 릭샤)를 타고 이동 중이었다. 교통 체
증이 심각해서 천천히 가고 있었다. 그런데 바로 앞에서 자전

거를 탄 사람과 차가 부딪혔다. 차가 브레이크를 밟아 크게 부딪히진 않았지만 자전거를 탄 사람이 넘어졌다. 그런데 그 자리에서 바로 일어서서 툭툭 털고 가는 것이다. 그러더니 모여든 사람들에게 "노 프라블럼!"을 외친다. 참 신기했다.

그런데 내가 그 상황 속으로 가는 순간은 달라진다. 여행자 입장에서는 이해할 수 없는 순간에도 노 프라블럼을 외치니 그게 문제인 것이다. 나는 분명 문제가 있는데 계속 그들은 문제가 없다고 한다. 예를 들어, 인도에서는 기차 연착이 기본이다. 그것도 문제가 없다고 하고, 자신이 실수해도 문제가 없다고 말한다. 아무리 내가 화를 내면서 말해봤자 그들에게서 돌아오는 답변은 해맑은 얼굴로 외치는 노 프라블럼뿐이다. 내가 화를 내는 것이 부질없다는 것을 알게 된다. 그리고 헛웃음이 나온다. 인생을 달관한 것 같은 그 태도에 그냥 한 발짝 물러서게 된다. 불편하긴 하지만 받아들이게 되며, 나도 모르게 마음이 관대해지는 것을 경험하게 된다.

그 태도는 한국에 와서도 이어졌다. 외국인 친구와 택시를 타고 친구 결혼식에 가는 길이었다. 그 친구는 남미에서 온 친구였다. 늦으면 어쩌나 조마조마하면서 가고 있는데 우리가 타고 있던 차 앞으로 옆 차가 끼어들기를 하면서 사고가 났다. 나는 잠깐 비명을 질렀다. 그런데 내 옆에 있던 친구는 아무렇지도 않은 듯 차에서 내렸다. 분명히 한국 사람이었으면 목 먼저 잡았을 상황이었다. 친구는 늦으면 안 된다면서 바로 다른 택시를 잡아타고 갔다. 처음 겪는 상황이라 나는 어떻게 해야 할지 몰랐다. 나 또한 빨리 가야 했기에 택시 아저씨께 인사를 드리고 갔다. 나는 연락처를 받지도 않았다. 친구들에게 말했더니 다들 왜 그랬냐고 했지만, 택시 아저씨가 복 받은 사람이라 생각했다. 노 프라블럼 정신이 발휘된 순간이었다. 다치지 않았으니까! 노 프라블럼!

인도 여행에서 배운 노 프라블럼 정신이면 살아갈 때나, 여행을 할 때나 화를 낼 일이 없을 줄 알았다. 어느 나라를 가든 여행자이고 이방인을 조금은 관대하게 대해주는 느낌을 받으니까. 그런데 영국에서는 한 치의 오차도, 관대함도 없었다.

문제가 일어났던 그 날은 영국에서의 모든 일정을 마치고, 한국으로 귀국하기 전에 잠깐 여행을 하려고 이탈리아로 가는 날이었다. 설레는 마음으로 공항 검색대를 지나는데 내 배낭에 문제가 있다고 나온 것이다. 직원은 나를 한쪽으로 불러 세우더니 배낭에 있는 짐들을 전부 꺼내보라고 했다. 화장품이 문제였다. 비행기에 배낭을 가지고 탈 때는 지퍼백 한 봉지 분량 이상의 액체는 허용이 안 된다. 화장품이 몇 개 초과된 것이다. 유럽 여행을 다니면서 그 정도는 아무 문제가 없었기에 안일하게 생각한 게 화근이었다. 영국을 떠나는 이 시점에 큰 문제가 된 것이다.

"제 실수네요. 미안합니다. 액체 외에는 없습니다"라고 하고,

초과된 화장품들을 모두 버렸다. 내 잘못은 인정했는데도 불구하고 공항 직원은 내 가방 전체를 샅샅이 뒤지기 시작했다. 옷 안에 뭐가 없는지, 그리고 속옷까지 검사했다. 그렇게 나는 30분이 넘게 내 가방을 검사하는 직원 앞에 벌 받듯이 서 있었다. 옆으로 비행기를 타러 가는 사람들이 의아해하며 한 번씩 쳐다보고 지나갔다. 일찍 와서 공항에서 여유 있게 커피 한 잔을 하고 비행기를 타겠다는 내 계획은 산산이 무너졌고, 나는 여유 대신 모멸감을 맛봐야 했다.

한국 여성 여행자와 대화하다 보면 여행 도중에 이런 경험을 했다는 얘기를 많이 듣는다. 나는 그동안 여행을 다니면서 성차별이나 인종차별 등의 느낌을 받은 적이 없다. 내가 보고 싶은 것, 내가 느끼고 싶은 것만 보려 해서, 미화하는 경향이 있어서 그런지도 몰랐다. 내가 운이 좋았던 건지 둔한 건지는 알 수 없지만 그 덕분에 나는 항상 즐거운 여행을 했다.

그런데 이번 상황은 달랐다. 철저하게 인종차별을 당했다는 생각이 들었다. 30분이 넘는 시간 동안 짐 검사를 당하면서 이들 눈에 나는 의심되는 동양 여자일 뿐이구나 하는 생각을 지울 수 없었다. 한 치의 실수도 용납하지 않겠다는 결연한 의지는 무표정한 얼굴 속에 다 드러나고 있었다. 파우치 안에 있는 것까지 모조리, 그리고 속옷 안에 뭐가 있나 없나까지 확인했다. 이탈리아를 간다는 들뜬 기분은 어디가고, 기분이 하염없이 곤두박질치고 있었다.

여행을 할 때, 인생을 살 때 생각지도 못한 곳에서 일이 생기고 그 때문에 나의 감정이 공격당할 때가 있다. 이럴 때는 상대방을 향해서 화를 내기보다 내가 내 감정을 잘 컨트롤해야 한다. 그러지 않으면 남은 시간마저 저당 잡혀 즐기지 못하게 되기 때문이다. 그럴 때 발휘할 수 있는 게 바로 인도에서 배운 노 프라블럼 정신이다.

당시 이탈리아 로마에서 만나 여행을 같이하기로 한 친구가 있었다. 독일 여행 때 만났던 친구인데 계속 연락을 하며 지냈다. 그리고 내가 영국에 있으면서 심하게 아플 때 소포 한 가득 약을 보내준 친구기도 했다. 이탈리아에서 그 친구를 만나자마자 내가 겪은 일을 얘기했더니 그 친구도 말한다.

"언니, 나도 같아요! 독일에서 나올 때 나도 화장품 다 뺏겼어요."

"웬일이니! 어쩜 우리 이럴 수 있지?"

우리는 서로를 바라보며 웃었다. 묶여 있던 마음이 스르르 풀렸다. 서로에게 위안이 되는 순간이었다.

"그런데 우리 이제 화장품은 어떻게 하지?"

"그러게요!"

화장품은 다른 여행자들의 기부를 받아 여행 내내 부족함 없이 잘 사용하고 여행을 마칠 수 있었다.

나의 실수 앞에서

나를 향해 쏟아지는 비난의 말들 앞에서

나를 화나고 짜증나게 하는 모든 일들 앞에서

우리가 외쳐야 할 건 노 프라블럼!

아직 숨 쉬고 있으니까

그리고 그 일은 인생이라는 큰 그림을 봤을 때 아무것도 아니니까

노 프라블럼!

지금은 감히 이렇게 말하고 싶다.

최고의 친구는 바로 '자기 자신'이다

나이가 들면서 느껴지는 점 중 하나는 마음을 나눌 친구가 점점 줄어든다는 것이다. 20대 때 그렇게 많던 친구들이 어느 순간 내 옆에 없다는 것을 깨달았다. 그들은 각자의 가정을 꾸려 충실히 살고 있다. 그렇다고 친구가 아닌 건 아니지만, 나에 대해 미주알고주알 말하던 지난날과는 사뭇 다른 느낌이다.

나는 친구들에게 나를 참 많이 오픈했다. 나를 가감 없이 드러내고, 가족에게 말하지 못하는 문제를 친구한테 말하며 해결책을 찾아갔다. 이것저것 재지 않고 나를 꾸미려 하지 않았다. 감정의 널뛰기를 겪을 때면, 나와 다른 성향을 가진 친구가 부럽기도 했다. 어떤 문제 앞에서 감정의 소용돌이를 겪지 않고, 혼자 해결하고 이성적으로 해결하는 친구들을 보면서 말이다.

왜 나는 스스로 해결하지 못하는 걸까?

왜 항상 다른 사람의 의견이 내 삶을 선택하는 데 반영되어야 마음이 편한 걸까?

친구의 위로를 받고 싶은 걸까?

끊임없이 내 마음속에서 하던 질문들이다. 목표지향적인 삶보다는 관계지향적인 삶을 살고 있는 내 생의 가치관이 드러나는 질문이기도 했다. 그래서 항상 마음을 나눌 친구를 옆에 두고 살아 왔나 보다.

그런데 어느 순간, 허무함을 느꼈다. 나를 드러낸다고 달라질 게 없었다. 각자의 삶을 찾아 떠나는 친구들을 보면서 결국 '인생은 혼자 살아 내야 하는 것인가?' 하는 질문에 봉착했다. 그리고 나서 '그래, 인생에서 진정으로 나에게 손 내밀어줄 수 있는 사람은 나밖에 없어'라는 깨달음에 도달하게 됐다. 그때부터였다. 내가 내 자신의 진정한 친구가 되어주자고 생각했다. 힘든 상황이 왔을 때 결국 일어서야 할 사람은 바로 나밖에 없으니까.

누구나 자신만의 '버킷리스트'가 있을 것이다. 내 20대 때의 버킷리스트는 혼자 여행을 하는 것이었다. 20대의 끝자락에서 용기를 냈다. 지금 아니면 다시는 혼자 여행을 못할 거 같아서, 그렇게 제주도를 갔다. 스쿠터를 타고 제주도 일주를 하고 싶어 스쿠터를 빌리고, 해안도로를 따라 혼자 제주 여행을 시작했다.

혼자 여행한다는 것은 나에게 무척 낯선 일이었다. 낯선 일 앞에 나는 어찌해야 할 바를 몰랐다. 하지만 낯선 것도 계속하다 보면 익숙한 것이 된다. 적응하는 시간이 필요할 뿐이다. 하루, 이틀이 지나니 혼자 밥을 먹고, 혼자 바닷가를 보고, 혼자 다니는 것이 익숙해졌다.

혼자 다니다 보면 부정적인 감정과 마주할 때가 많아진다. 현실 속에서는 그렇게 깊이 생각할 시간이 없기 때문에 여행에서 그 감정을 많이 만난다. 누군가 함께 있을 때는 아무렇지도 않던 그런 일을 떠올리며 후회하는 일도 다반사다. 내면 깊숙이 자리 잡고 있던 과거의 모든 쓴 뿌리가 올라오는 것만 같은 경험을 한다. 그때는 괴로움의 감정을 마주하게 되고, 나아가서 두려움도 생긴다.

아이러니하게도 자신의 두려움을 마주하다 보면 어느 순간 그것을 넘어설 '용기'라는 것도 생긴다. '쓴 뿌리'라고 불리는, 과거에 생긴 내면의 상처를 온전히 치유하지 못하면, 언제든 마주하게 된다. 나는 여행을 하며 유독 많이 느끼는 편이다. 이러한 감정이 생겼을 때는 회피한다고 능사가 아니다. 대면하고, 들어주고, 보듬어줘야 한다. 자신을 온전히 인정하고, 끌어안을 수 있을 때 진정한 치유가 시작될 수 있다.

혼자 여행을 다니면서 나는 나와 대화를 많이 시도했다. 친구들에게 얘기하듯이 말할 때도 있었고, 생각으로 정리할 때도 있었다. 결국, 내 안에 해답이 있다는 것을 알았다. 어쩌면 그동안 친구한테 나의 모든 것을 말하면서 답을 확인받고 싶었던 것이었다. 답을 내려 줄 친구가 아니라 들어줄 친구가 필요했구나 하는 것도 알았다. 내가 말을 하면서 해결법을 찾고 정리를 해나갔기 때문이다.

여행 이후, 더 나아가서 나는 나에게 무조건 잘했다고 칭찬해주는 최고의 친구가 되어주기로 했다. 나와 친구가 된다는 것은 나를 더 잘 알게 된다는 뜻이다. 그리고 절대 실패하지 않는, 헤어질 수 없는 관계가 된다는 뜻이다. 평생을 같이 갈 영원한 동반자가 생기는 것이다.

우리가 세상에 태어난 이유는 누군가에게 평가받기 위해서가 아닌데, 스스로를 평가하고 있다는 생각이 들었다. 타인에게는 관대하면서도 스스로에게 너무 엄격하지 않은지 돌아볼 일이다. 자꾸 누군가의 평가를 들으려고 하고, 누군가의 긍정적인 말 속에서 안도하는 것은 아닌지. 그 어떤 평가보다 중요한 것은 나 자신에게 주는 무한 긍정 에너지와 칭찬의 말들일 것이다.

슬플 때나 힘들 때 사람에게 위로받기 원하던 나를 되돌아보며, 나 자신을 온전히 믿어주고 보듬어 주기로 했다. 나는 그 어떤 행위와 관계없이 스스로 존재하고, 빛나는 사람이니까.

그리고 나는 여행을 하면서 나에 대한 칭찬을 글로 쓰기 시작했다. 하루를 살면서 나에게 칭찬할 일들을 세 가지 적으면서 아낌없이 격려했고, 나에게 사랑을 주었다. 그렇게 끊임없이 내 자신과 대화를 시도하다 보니 문제 해결력도 자연스럽게 키우게 됐다. 더 이상 남에게 의지하는 삶을 살지 않게 되었다.

여행을 하면서 깨달은 게 있다면 홀로 행복해야 한다는 것이다. 내가 스스로 행복할 수 있을 때 다른 사람과도 행복할 수 있다. '행복한 삶'에 대한 관심이 많았다. 나를 행복하게 하는 것이 무엇일까를 일상에서 끊임없이 생각했다. 뚜렷이 찾을 수 없었던 것을 여행하면서, 여행을 통해서 찾았다. 나를 행복하게 하는 건 사람들에게 인정받고 사랑을 받는 것이었다. 그런데 결국 생각해보면 사람들에게 사랑받고 싶은 마음은 스스로에게 사랑받고 싶은 마음을 대변하는 것이었다. 결국 자신을 있는 그대로 인정하고 사랑하는 것이 답이라는 것을 알았다.

"인류의 거의 모든 문제는 단지 사람들이 한 공간에 오랫동안 자신과 홀로 있지 못하기에 생겨난다." 프랑스 출신의 수학자이자 철학자 블레즈 파스칼이 말했다. 랄프 왈도 에머슨은 "친구를 얻는 가장 좋은 길은 스스로 친구가 되어 주는 것이다"라고 말했다.

항상 붙어 있는 자신에게 최고의 친구가 되어주면 얼마나 좋을까? 기쁠 때, 슬플 때 누군가를 굳이 찾지 않아도 스스로 충분히 그 감정을 함께 나눌 수 있는 친구 말이다. 세상에 정답이 있는 게 아니라 그저 내 마음이 시키는 대로 하는 게 정답이니까. 그러니 나 자신과 친구가 되어서 마음이 시키는 대로 살아가자. 최고의 친구는 타인이 아니라 바로 내 자신이 될 수 있다.

06

더이상 전진이 힘들 땐
'잠깐 멈춤' 카드 꺼내기

어떤 목표를 세워놓고 정진하지만, 예상치 못한 상황에 부딪힐 때가 있다. 그러면 선택지는 억지로 힘을 다해 그것을 넘어서려 노력하든지, 아니면 손을 떼든지 그 둘 중 하나일 것이다. 일도 일이지만, 우리는 살아가면서 사람 사이의 관계에서도 그러한 것들을 경험한다. 이럴 때 난 이렇게 말하고 싶다. 억지로 하지 않아도 된다고. 그럴 땐 마음 가는 대로 해도 된다고.

일상에서도 예상치 못한 일들이 생기는데 하물며 여행지에서는 어떨까? 짧은 여행이지만, 때로는 인생을 집약시켜 놓은 것 같은 마음이 들 때가 있다. 예상치 못한 일들이 많이 일어나기 때문이다. 그때 우리는 유연한 마음을 가져야 할 것이다. 낯선 환경이라서 더 당황하기도 하지만, 여행지에서 앞으로 나아가기가 힘든 상황이 올 때는 무리하지 말고 과감하게 '잠깐 멈춤' 카드를 꺼내도 된다고 말하고 싶다. 그러려면 일정을 너무 빡빡하게 짜지 말아야 하겠지만.

영국에 있을 때, 비자 기간이 만료가 돼 어디든 가야 했다. 어디를 갈까 고민하다가 프랑스 파리로 가기로 했다. 파리는 두 번째 방문하는 것이었다. 처음 배낭여행을 할 때 한 달 동안 유럽 11개 나라를 여행했다. 완전 극기 훈련을 하는 것처럼 다니던 기억이 난다. 짧은 기간 내에 많은 것을 봐야 한다는 욕심이 있던 나이이기도 했고, 무엇보다 젊은 치기가 있었기에 가능했다.

첫 번째 여행은 모든 것이 다 새로웠기에 주요 관광 장소를 보려고 열심히 다녔지만, 두 번째 여행부터는 여유가 있었다. 파리에서 뭔가 보려고 바쁘게 돌아다니는 여행이 아닌 그냥 머물러 보기로 했다. 어떤 계획을 짜지 않고, 있고 싶은 만큼 있으려고 했다. 그러다 다른 곳으로 가고 싶을 때 떠나는 것이다.

한인 민박에 있다 보니 여행자들을 많이 만날 수 있었다. 그곳에서 동행을 만나 같이 여행을 했다. 하루는 발길 닿는 대로 도보여행을 했다. 숙소에서부터 세느 강변을 따라 걷다 보니 노트르담 성당이 나오고 에펠탑, 샹젤리제 거리까지 나왔다. 온전히 하루를 걷기만 했다. 특별한 경험이었다. 그리고 아주 갑작스럽게 '몽생미쉘'을 투어로 가게 되었다. 1979년 유네스코 세계

문화유산으로 지정되었고 조금은 기묘하게 보이는, 바다 위에 떠 있는 '성' 몽생미셸. 8세기에 노르망디 주교였던 오베르가 천사 미카엘의 계시를 받고 건축한 수도원이다. 여기에 가게 되리라곤 생각도 못했는데 투어 전 날 한 자리가 비었다는 것을 발견해서 동행하게 되었고, 투어는 정말 만족스러웠다. 그리고 때가 되어 프랑스 남부로 갔는데, 마르세유에서는 세계 각지에서 온 잘생긴 청년들과 함께 야경을 보기 위해 산에 올랐다. 든든한 친구와 함께한다는 것만으로도 행복한 시간이었다.

여행을 가기 전에 우리는 여행할 장소에 대한 정보를 많이 찾아본다. 보다 완벽한 여행을 하기 위해서다. 그런데 가끔 너무 많은 정보는 나만의 여행을 하는 데 방해가 되기도 한다. 예를 들어 어떤 장소에 갔을 때는 온전히 내가 가지는 경험과 느낌이 우선시 되어야 하는데 내가 찾은 정보에 갇힌다는 것이다. 때로는 그곳을 간 다른 사람의 경험과 비교도 하게 된다. 여행지에 대한 정보가 너무 없어도 불안하지만, 너무 많은 정보 때문에 자신의 색을 잃지 않았으면 하는 바람이다.

여행 에세이 보는 것을 좋아하는 나이지만, 에세이는 가급적 여행 후에 읽는 편이다. 같은 장소를 갔다 오더라도 저자와 내 경험이 다르고, 느낀 것은 다를 수밖에 없다. 내 경험 후에 그것을 비교하는 맛은 쏠쏠하다. 저자와 같이 여행지에 대한 대화를 나누는 기분이 든다고 할까.

첫 해외여행인 '유럽 배낭여행'을 할 때는 장소에 대한 모든 정보를 알고 가야 한다고 생각했다. 가이드북에서 하라는 대로 충실히 다니며 책에 있는 내용을 잘 실천했다. 그러다가 네덜란드에 있는 반 고흐 미술관에서 반 고흐에게 마음을 빼앗겼다. 그의 그림을 보면서 시기별로 변해가는 그의 감정까지 느낄 수 있었다.

그 이후, 한국에 와서 고흐에 대한 이야기를 다 찾아보았다. 무엇보다 동생 테오가 고흐에게 했던 말들이 인상적이었다. 생전에는 빛을 보지 못했지만 지금은 세대를 불문하고 세계적으로 많은 사람들에게 감동을 주는 고흐의 삶이었다. 그 감흥을 고스란히 간직하고 있었다.

그 후 10년 뒤, 다시 프랑스에 갈 기회가 찾아왔다. 이번엔 고흐가 지나온 삶의 흔적을 따라가고 싶은 마음이 들었다. 그래서 고흐가 47세의 인생을 마감할 때까지 70일 정도 머문 조그마한 마을 '오베르 쉬즈 우아르'에 갔다. 100여 년이 넘는 시간이 흘렀지만 고즈넉한 마을을 따라 걸으며 고흐의 작품에 나온 실제 풍경 등을 보면서 고흐의 숨결을 느낄 수 있었다. 그리고 고흐의 작품이 가장 많이 묻어나는 곳, 프랑스 남부 지방에 있는 '아를'에 가야겠다는 생각을 했다. 아를에서부터는 일정을 정해야 했다. 스페인에 있는 산티아고 순례길을 걷기로 계획을 세워놨기 때문이다.

그렇게 프랑스 '아를'에 왔다. 마을은 정말 쓸쓸함의 극치였다. 그 많던 여행자는 어디로 갔을까. 4인실 여성 전용 호스텔을 예약하고 왔는데 3일 내내 혼자 머물렀다. 너무나 쓸쓸한 기분이 들어 빨리 다른 곳으로 가고 싶었다. 그런데 이상하게 몸이 말을 듣지 않았다. 나의 모든 체력이 바닥난 것이다. 내가 정해놓은 일정에 맞춰 순례길을 걸으려면 움직여야 했다. 하지만 나는 더 이상 전진이 힘들다는 것을 알았다. 그래서 그때 '잠깐 멈춤' 카드를 꺼내 썼다. 그리고 내가 앞으로 계획한 것을 대폭 수정하기 시작했다.

나는 매달 1일을 좋아한다. 새로운 마음으로 다짐하는 것을 좋아하기 때문이다. 그래서 산티아고 순례길의 시작을 1일로 계획했었다. 하지만 나의 몸과 감정 상태가 도저히 그 날짜를 못 맞출 것 같았다. 그래서 과감히 버리고, 멈추어 쉬기로 했다. 내 남은 여행에 대한 예의였다. 그렇게 3일만 머무르려 한 그 쓸쓸한 도시 아를에서 일주일 정도 머물렀고, 1일에 맞춰 시작하려고 한 산티아고 순례길은 그보다 5일 뒤인 6일에 시작할 수 있었다.

그런데 순례길을 걷기 시작한 첫 번째 날, 기가 막힌 이야기를 들었다. 순례길 시작 첫날에 반드시 넘어야 하는 피레네 산맥에는 두 갈래 길이 있었다. 하나는 조금 힘들지만 멋진 풍경을 볼 수 있는 길이고, 다른 한 길은 평범한 풍경의 보통 길이었다. 이왕이면 멋진 풍경을 보면서 가면 좋겠다고 생각했는데, 그 길이 내가 출발한 날의 전날까지 막혀 있었다는 것이다.

눈이 많이 내려서라고 했고, 내가 출발한 날 그 길이 다시 열렸다 했다. 기가 막힌 우연의 일치라고도 할 수 있지만, 마음의 소리를 따라 '잠깐 멈춤' 카드를 꺼낸 용기 덕분에 주어진 혜택이란 건 부정할 수 없을 것이다.

우리의 삶도 그렇다. 과도한 경쟁 사회 속에서 목표를 성취하려고 살고, 잠시 쉬려 하다가도 도태될까 두려워한다. 하지만 겁을 내지 않아도 된다고 생각한다. 각자의 인생 시간표는 다 다르기 때문이다. 전진할 때는 열심히 전진하고, 힘들 때는 과감히 쉬며 자신을 보듬어줘도 된다. 그 시간에 인생에 대한 새로운 시선을 가질 수도 있다. 그 시선으로 그만 가야 할 길인지, 아니면 다시 힘내서 나아가야 할 길인지 정확히 보게 된다. 잠시 멈춘다는 것은 그런 것이다.

삶에서 이런 신호가 몇 번씩 올 수도 있다. 조그마한 신호가 올 때 무시하지 말고, 과감히 '잠깐 멈춤' 카드를 꺼내어 쉬었다가도 된다. 신호를 무시하고 무리하게 가다가 탈이 날 수 있으니까. 자신에게 가장 좋은 온도를 유지하면서 살자는 말이다.

07

미완성은 다음이라는
여유를 선물한다

연말이 되면 '올해는 어떻게 살아왔지? 뭘 이루었지?' 생각한다. 열심히 살았는데 이루어 놓은 게 없다는 생각에 자책감이 든다. 열심히 산 것만으로 응원을 받아야 할 인생인데도 자꾸 세상이 정해놓은 숙제를 했는지 안 했는지를 비교하게 된다. 그리고 결과물이 없다는 사실에 한숨을 쉰다. 내 존재 자체를 인정한다고 해놓고 결과물에 집착하며 스스로 부정적인 감정에 휩싸인다.

청춘 동안 꿈을 향해 살았다고 자부한다. 남들과 다른 인생을 고집하기도 했다. 그러다 보니 사회에서 흔히 말하는 숙제들에 발맞춰 가지 않았다. 이제야 주변을 둘러볼 여유가 생겼다. 둘러보니 다들 자신의 인생만을 고집하는 것이 아니라 누군가의 인생에 들어가서, 아니면 누군가와 함께 인생을 꾸려나가고 있었다.

돌이켜보면 나는 혼자서 참 완벽하려고 애쓴 것 같다. 감정적으로는 폭풍우를 항상 겪었지만 그만큼 정신이 강해졌다. 그리고 그 나이에 할 수 있는 것들을 다 하려고 노력한 것 같다. 그래서 과거에 대한 후회가 없는 건 다행이라고 생각한다.

여행에서도 항상 완벽하려 애썼고, 다시는 그 여행지에 오지 않을 것처럼 여행했다. 여유 없이 여행했다는 뜻이다. 하지만 한 번에 다 섭렵하겠다고 욕심내서 여행한 곳을 두 번 이상 가게 되는 경우도 있었다. 가보지 않은 곳은 안 가게 되고, 가본 곳을 또 가보지만 그래도 두 번째 방문보다는 처음 갔을 때가 임팩트가 더 크게 다가오는 건 사실이다.

처음에 어떤 곳을 여행할 때는 그곳에서 뭘 봐야 할지 모르다 보니 남의 의견을 많이 경청하는 편이었다. 이왕이면 헤매지 않고, 안정적인 여행을 하고 싶은 것이다. 하지만 두 번째부터는 내 시선으로의 여행이 가능해진다. 경험이라는 것이 생겼고, 그 경험에 맞춰 나만의 기준이란 것이 만들어졌기 때문이다. 그리고 그때 느낀 감정에 따라 정확하게 자신이 무엇을 좋아하고, 무엇을 원하는지 알게 된다. 비로소 내가 원하는 여행 스타일을 만들어갈 수 있는 때이기도 하다.

여행은 같은 장소라 하더라도 할 때마다 매번 같은 느낌을 받을 수 없다. 내 컨디션이 어떤지, 그리고 어떤 사람을 만나느냐에 따라 여행이 급격하게 달라지기 때문이다. 적어도 난 무언가를 보고, 새로운 것을 알았다는 사실에 희열을 느끼기보다 그때그때 내가 느끼는 감정이 중요한 사람이다. 그렇기에 처음 여행을 할 때 최선을 다해 여행했고, '다음에 다시 오리라' 하고 남겨 두고 오지 않으려 했다. 그런데 어쩔 수 없는 상황에서 아쉬움을 남기고 온 적이 있다.

산티아고 순례길을 갔을 때였다. 순례길을 다 걷고 나서 스페인 전역을 여행하고 싶었다. 그런데 여름이라 남부 쪽이 매우 덥기도 했고 시간이 여의치 않았다. 그래서 하는 수 없이 스페인 남부 여행을 나중에 하겠다고 남겨 두고 왔다. 그런데 그렇게 두고 오니 또 꿈을 꿀 수 있어 좋다는 생각이 들었다. 한 번에 다 끝내는 것이 아니라 여지를 만들어 두는 것이 삶의 활력소가 되기도 한다.

나는 과거에 어쩔 수 없이 결정한 것들이 나중에 보니 잘한 결정이 되었다고 생각한 적이 꽤 있다. 미리 예견해서 한 행동도 아닌데 딱 들어맞을 때, 그때 기분이 좋다. 그리고 감사함이 배가 된다. 진행형일 때는 절대 이해할 수 없는 것들이 나중에 꿰어 맞춰지는 경우가 있을 것이다. 그러니 인생에서도 진행형일 때 섣불리 판단하지 말아야 한다.

시인 로버트 프로스트는 〈거두어들이지 않은 것〉이라는 시에서 이렇게 말한다.

뭔가 모두 거두어들이지 않고 남겨두는 것도 좋겠다
정해진 계획밖에도 많은 것들이 남아 있다면
사과든 뭐든 잊혀 남겨진 게 있다면
그래서 그 향기 마시는 게 죄 되지 않는다면

인생에서도 꼭 뭔가 성취하기 위해, 거둬들이면서 사는 것만이 전부는 아님을 안다. 꼭 열매가 있어야 되는 것도 아니다. 미완성으로 남겨두면 좀 어떤가. 미완성으로 둔다는 것은 그만큼 내가 거둬야 할 꿈의 개수가 많다는 뜻이고, 꿈이 있다는 것은 지금의 삶을 행복하게 만드는 것이기도 하다.

꼭 지금 무언가를 다 이뤄야만 하는 사람에게는 조급함이 있다. 그리고 조급함이 있으면 체하고 만다. 일에서도 그렇고 사람의 관계도 마찬가지다. 특히 난 청춘의 시절에 좋아하는 사람이 생기면 다급하게 관계를 규정하려는 성향이 있었다. 다음 기회로 남겨 뒀어야 하는데 너무 한 번에 많은 것을 주려고 했고, 많은 것을 알기를 원했다. 그리고 그 관계는 결국 체했다.

어떤 사람을 알아갈 때도 한 번에 다 알려 하지 말고, 만날 때마다 미완성으로 남겨 놓는 게 좋다. 오히려 줄 듯 말 듯 하고 아쉽게 만드는 것이 다음이란 것을 기대하게 만든다. 그런 삶은 결과보다 과정을 즐기게 만든다. 그리고 천천히 신뢰를 쌓게 해준다. 사람의 매력이 충분히 나타날 때는 이렇게 여유를 가질 때이기 때문이다. 그때 가장 나다운 모습이 나타난다.

그 어떤 매력도 '나답다'라는 매력 위에 존재할 수 없는 것이 아닐까. 그러니 매사에 조급하게 생각하지 않아도 될 일이다. 규정하거나, 끝맺음을 하려고 서두르지 말자는 이야기다.

혼자만의 여행이 두려운 건 혼자서 채워지지 않는 무엇 때문일지도 모른다. 하지만 혼자이기에 미완성이고, 미완성이기에 완성될 수 있는 여지가 더 많은 것이라고 생각하면 어떨까? 받아들일 수 있는 여지가 더 많아진다. 그리고 낯선 사람 속에서 그 미완성이 채워지는 경험을 한다. 뭐든 완벽하지 않아도 되고 완성하지 않아도 된다. 그리고 과정을 즐기면서 천천히 신뢰를 쌓게 해준다.

목표 지점이 있다 해도 가는 길이 좋아 더 머물고 싶으면 그 계획을 과감하게 변경해도 된다. 그때그때 마음의 소리를 듣고 움직이는 게 후회를 낳지 않는 최고의 방법이다. 할까 말까 하다가 하지 않으면 그 상황에 하지 못한 것을 후회하게 되고, 자책하게 되기도 한다.

너무 많은 것을 한 번에 해결하려고 하지 말았으면 한다. 미완성으로 남겨 두어도 되니 그 과정을 한껏 즐기라고 말해주고 싶다. 저 앞에 보이는 목표 지점이 아닌 지금 내가 걷고 있는 길, 사람, 보이는 모든 것에 집중하는 것이다. 그리고 느껴보는 거다. 그 과정에 충실하다 보면 미완성이 될 수도 있다. 미완성이 된다는 것은 이루지 못한 어떤 것이 아니라, 다음에 할 수 있는 여유를 선물 받는다는 뜻이다. 그러니 조급해하지 않아도 된다. 그리고 그 안에서 우리는 그 힘으로 행복을 느끼고, 위로를 받는 날이 있을 것이다.

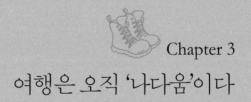

Chapter 3
여행은 오직 '나다움'이다

여행은 '나다움'이라는
자기만의 그림을 완성해 가는 일이다

'모든 순간을 가장 나답게'

내가 제일 좋아하는 광고 카피 문구다. '나다움'이라는 것은 무엇일까? 내가 가진 본연의 모습을 찾는 것이다. 사회성이라는 이름으로 만들어진 답답한 가면을 벗는 일이다. 있는 그대로의 나의 모습을 드러내는 일이다. 주변에서 요구하는 바람대로 꾸민 내가 아니라 있는 그대로의 내 자신이 될 때 나다움을 지킬 수 있다.

전쟁을 겪은 국가 중에 대한민국만큼 빠른 성장과 발전을 이룬 나라는 없을 것이다. 관련된 다큐멘터리나 책을 보면서 그 발전을 이루어낸 윗세대 분들에게 진심으로 감사할 때가 있다.

우리나라 사람들의 국민성에 감탄할 때도 한두 번이 아니다. 이제는 그런 외적인 성장과 발전을 넘어 사람들 각자마다 가장 '나답게' 사는 방법을 고민하고 있다. 성장하는 단계에서는 '나' 자신을 돌아볼 겨를이 없기 때문이다. 그만큼 삶에 대해 조금 여유가 생겼다는 말로 해석할 수 있을까?

20대 때의 나는 여성적인 사람으로 보이려고 노력했다. 보편적으로 사회에서 생각하는 '여자'의 모습 말이다. 그리고 사회가 암묵적으로 정해놓은 가치관에 따르려고 노력했다. 통상적으로 결혼해야 하는 나이를 정해놓고 결혼하려면 내가 가진 다양한 모습을 드러내면 안 된다고 생각했다. 예를 들어, 많은 꿈을 가지고 도전하거나 하는 열정적인 모습들 말이다.

20대 때 소개팅을 하거나 누군가를 만나면 그 사람의 마음에 들기 위해 좀 더 순종적인 사람처럼 보이려고 노력했다. 그리고 입버릇처럼 말했다. 평범한 사람이랑 결혼해서 평범하게 살 거라고. 그게 제일 큰 행복인 것 같다고. 그런데 내 말을 들은 친구는 나에게 일침을 가했다.

"그런 척하려 말고 그냥 너답게 살아!"

난 어렸을 때부터 내 자신이 아닌 '누군가'가 되려 노력했다는 사실을 깨달았다. 누군가의 마음에 들기 위해 그런 척하며 사는 것은 얼마 지나지 않아 들통 나고 만다. 그리고 본인에게도 불편하다. 몸에 맞지 않는 옷을 입고 나온 것처럼 계속 신경이 쓰인다.

'언제부터 내가 이렇게 누군가에게 선택되는 인생을 살려고 했지? 그건 나의 모습이 아닌데…….' 이런 생각이 불현듯 들었다. 나는 꿈이 많은 사람이었다. 그리고 도전하는 사람이었다. 누군가에게 선택받아야 결혼할 수 있다고 생각했고 그래서 남들에게 무난해 보이는 모습으로 연기를 하고 있었던 것이다. 그건 진짜 내가 아니었다. 그 생각이 들고 나서 몸에 맞지 않은 옷들을 하나둘 버리기 시작했다. 그리고 난 여행을 떠났다.

여행에서는 익숙한 일상에서는 경험할 수 없는, 처음 겪는 위급한 상황에 처할 때가 많다. 그때 나도 몰랐던 나의 밑바닥이 드러나기도 한다. 그럴 때 나오는 모습이 진짜 나의 모습이라고 생각한다. 그리고 깨닫는다. 나에 대한 정체성이나 자존감은 나 혼자서 그냥 만드는 게 아니라는 것을. 예상치도 못한 환경에 들어가서 이리저리 부딪히면서 비로소 '나다움'을 완성해 나간다는 것을 말이다.

생택쥐페리의 《어린 왕자》에 보면 이런 글귀가 나온다.

"사람에 따라 별들은 모두 다른 뜻이 있어. 여행하는 사람에게는 별들이 길잡이가 되는 거고, 별들을 조그만 빛으로밖에 보지 않는 사람들도 있고, 학문이 있는 사람들에게 별들이 수수께끼가 되는 거고, 내가 말한 실업가는 별이 금으로 보이고. 그렇지만 그 별들은 모두 말이 없어. 그런데 아저씨는 별을 다른 사람들과는 다른 모양으로 보게 될 거야."

같은 별이라도 보는 사람에 따라 이렇게 다르다. 하물며 '나'란 사람을 바라볼 때 어떨까? 나라는 존재 안에도 다양한 모습이 있을 것이다. 그 다양성이라는 퍼즐이 모여 비로소 내가 완성되지만 그 중에서도 특히 빛을 발하는 부분이 있을 것이다.

《어린 왕자》에 나오는 글귀에 따르면 여행하는 사람에게는 별들이 길잡이 역할을 한다. 그 길잡이를 따라가다가 다른 사람들이 갖지 않은 나만의 별을 갖게 되는 것. 그게 바로 나다움을 찾는 일이 아닐까 한다. 나는 나만의 별을 찾으려고 여행 속으로 들어간다. 그리고 온전히 부서지고, 느낄 마음의 준비를 한다. 여행을 시작할 때 이런 마음의 준비를 하는 것이 중요하다. 여행을 하면서 일상 속에서 몰랐던 나, 그리고 내가 외면하고 싶었던 나의 모습까지 깨닫고 그것마저 품는다. 그렇게 나다움을 찾아 나아간다.

스페인에서 산티아고 순례길을 걸었다. 34일 동안, 매일 8시간씩. 한 달 정도의 시간 동안 걷는다는 것은 매우 단순하고도 지루한 행위일 수도 있다. 처음에는 놀라움을 주던 풍경도 다 비슷한 풍경으로 다가온다. 그러면서 '내가 왜 이런 지루한 일을 하고 있나. 누가 상을 주는 것도 아닌데'라는 생각까지 든다. 그러면서 만나는 건 바로 내면 깊이 있는 나의 '쓴 뿌리'다. 누구와 대화를 하는 것도 아니고, 걸으면서 온전히 내 자신과 대화한다. 그리고 나에 대해 더 잘 알아간다. 내가 평소에 외면하고 싶던 나의 모습까지 드러낸다. 그걸 마주할 때 고통스러울 수도 있다. 그렇게 나의 내면을 들여다보고 나면 그때부터 진짜 내 인생이 시작되는 것을 느낄 수 있다. 가장 나다운 모습을 찾을 수 있다는 말이다.

스티븐 잡스가 남긴 말이 떠오르는 순간이다. "여정은 목적지로 향하는 과정이지만 그 자체로 보상이다." 단순히 산티아고 데 콤포스텔라로 향하는 목적지를 향해 걷는 여정이, 그 자체로 보상이 된다는 말로 느꼈다. 또한 이런 말을 했다. "뭔가 멋지고 놀랄 만한 일을 찾아라. 이 세상에서 가장 무서운 적은 게으름이다. 물이 정체되면 고인 물은 썩기 마련이다. 우리의 삶 자체가 그대로 정지되어서는 안 된다. 매일 매일 새로운 생각과 새로운 행동으로 가득 채워야 한다. 기다린다고 되는 일은 결코 없을 것이다. 새롭게 창조하라. 남들이 하는 일을 찾지 말고 내가 할 수 있는 멋진 일을 찾아야 할 것이다."

여행은 정체되지 않은 흐르는 물이 되고자 움직이는 과정이다. 여행하는 과정 속에서는 매일 매일이 새롭다. 새로운 생각이 들고 그에 따른 행동을 하게 된다. 내가 무엇에 설레는지 직접 눈으로 보고 몸으로 느끼면서 가장 나다운 모습을 찾아 나아가게 된다. 온몸으로 느낄 수 있다는 것은 축복이다. 영상으로 우리는 훌륭한 풍경을 볼 수 있다. 하지만 그곳의 냄새와 감촉까지는 느끼지 못한다. 오직 내가 그곳을 경험하면서 느낄 수 있는 것들이다. 내가 찾고 있던 실체와 만나게 된다. 그러면서 내가 누구인지, 어떠한 사람인지 더 깊게 이해하게 되는 것이다.

나는 이제까지 내가 소심하고 여성적인 사람이라고 생각했다. 하지만 여행을 하면서 나의 호기심과 모험심을 느끼고 깜짝 놀랐다. 궁금한 것은 못 참고, 조금 위험하더라도 다 몸소 경험하고 가는 사람이었다. 사람들이 모일 때는 나도 모르게 리더십을 발휘하곤 했다. 그때부터 내가 가진 나다운 나의 모습을 그냥 인정하기 시작했다. 남들에게 인정받고자 하는 나의 모습이 아닌, 있는 그대로의 나 말이다. 그 이후부터 삶은 굉장히 자유로워졌다. 그렇게 난 나만의 그림을 완성해 나가고 있다. 여행을 통해서.

02

예상치 못한 사건에서
나를 지키는 방법

우리는 보통 낙천적인 사람들이 더 오래 살 것이라 생각한
다. 몸과 마음은 연결되어 있어 긍정적인 마음을 유지하면 좋
은 에너지가 몸에 퍼져 건강할 것이라는 이유다. 그런데 그거
아는가? 낙천적인 사람들이 예상치 못한 사고를 당할 확률이
높다는 것을. 예를 들어 횡단보도를 지나가고 있다고 생각해
보자. 보통 사람들은 차가 올 때 그 차가 나를 칠 수도 있다는
생각에 조심한다. 하지만 조금 더 낙천적인 사람들은 '나에게
무슨 일이 일어나겠어?' 하는 마음으로 과감히 건넌다.

어떤 사건이 생기고 난 이후, 비관적으로 생각하고 후회하기
보다 낙천적으로 생각을 전환하는 것은 좋은 거다. 하지만 어
떤 일이 일어나기 전에 미리 앞서 '나는 어떤 상황에서든 무사

할 것이다'라는 낙천성을 발휘한다면 내가 할 수 있는 최소한의 준비와 대비를 하지 않게 된다. 그러면 일이 더 커질 수도 있다. 인생이고 여행이고 간에 예상치 못한 사건의 연속이라 해도 과언이 아니니까.

나는 평소 낙천적인 사람이다. 나의 낙천성은 여행지에서 굉장한 빛을 발한다. 이런 성향 덕분에 여행지에서 재미있는 일들이 많이 일어나는 편이다. 하지만 그만큼 위험에 처할 때도 많다. 열려 있다는 것은 그만큼 무방비 상태라는 말도 되기 때문이다.

친구와 태국으로 여행을 갔었다. 흔히 방콕을 '여행자의 천국'이라 한다. 카오산 로드에만 가도 지루할 틈이 없다. 세계 각국에서 온 사람들을 다 만날 수 있다. 그리고 금방 친구가 된다. 태국으로 여행가는 이유 중의 하나로 해변을 빼놓을 수 없다. 그때 우린 해변에 가고 싶었다. 그 당시만 해도 한국 여행자들에게 '코사멧(Ko Samet)', '코사무이(Ko Samui)' 등 여러 섬이 유명했다. 하지만 우리는 '코창(Ko Chang)'이라는 섬을 선택했다. 성수기가 아닌 비수기에 가서 바다 색은 예쁘지 않았지만 세계 각지에서 온 친구들과 어울리며 재미있게 놀았다.

친구와 나는 좀 더 깊은 곳으로 가면 투명한 바다를 볼 수 있을까 해서 투어를 신청했다. 보트를 타고 바다 저 멀리 보이는 섬을 네 개 정도 돌아보고 그곳에서 스노쿨링을 하는 투어였다. 많은 사람들과 함께 가는 것이 아닌 우리만의 보트로 가서 원하는 만큼 있을 수 있어서 정말 좋은 시간이었다. 그런데 아마 하늘이 우리를 질투했나 보다. 돌아오는 길에 갑자기 날씨가 안 좋아지더니 파도가 세졌다. 무사히 돌아가기를 기도했다. 그렇게 숙소에 있는 해변까지 거의 다 왔다고 안도할 찰나에 우리가 탄 보트가 뒤집혔다. 우리는 즉시 바다에 빠졌다. 아직 바다는 수심이 깊은 상태였다. 걱정되는 건 가지고 나온 여권과 돈이었다. 그리고 새로 산 나의 디지털 카메라.

디지털 카메라는 물을 잔뜩 먹어 바로 쓸 수 없게 되었다. 여권과 돈은 몽땅 젖어서 햇빛이 나는 곳에서 한참을 말려야 했다. '무슨 일이 일어나겠어?' 하는 나의 낙천성이 발휘된 결과였다. 나와는 반대로 친구는 여권과 돈, 그리고 자신의 소지품들을 전부 지퍼 백에 넣고 그것도 모자라 비닐을 두 번 묶어 꽁꽁 싸맸다. 친구의 소지품은 아무 이상이 없었다.

돈과 여권을 말리며 조금은 내가 한심하다는 생각이 들었다. 배가 뒤집힌 것은 어쩔 수 없었지만 미리 조금만 더 생각했더라면 소지품은 안전히 지킬 수 있었을 텐데⋯⋯. 무엇보다 새로 산 디지털 카메라가 제일 아쉬웠다. 하지만 어떤 일이 일어났을 때 자책과 후회만큼 마음을 더 힘들게 하는 건 없다. 그런다고 돌이킬 수 있는 것도 아니다. 일단 어떤 상황에서든 조심하여 예상치 못한 사건에 대비해야겠지만, 그럼에도 불구하고 사건이 터졌을 때는 마음을 추스르는 것이 좋다. 괜찮다고 말해주는 것이다. 낙천성은 이때 발휘되어야 하는 것이다. 일이 일어나기 전이 아니라 일이 일어난 이후에 말이다. 일이 일어나지 않는 편이 가장 좋겠지만, 어떤 사건이 생겼을 경우에 그 사건에 함몰되지 않고 쿨 하게 인정하는 것이 중요하다. 과거를 후회하고 자책하지 않는 것이 나를 지키는 첫 번째 방법이다.

몇 년 전, 독일 베를린에 방송 일을 하러 간 적이 있었다. 10일 일정이었다. 일을 마치고 한국으로 돌아가야 했지만 나는 그곳에 남았다. 그리고 한 달 동안 독일 여행을 했다. 함께한 동료들이 한국으로 돌아가고 난 다음 숙소를 옮겼다. 그런데 옮기자마자 손등에 이상한 빨간 반점이 나기 시작하면서 가려웠다. 갑자기 두려움이 엄습했다. 시간이 지나면서 빨간 반점은 나의 온몸을 강타했다. 온몸이 참을 수 없이 가려웠다. 말로만 듣던 '베드 버그'였던 것이다. 한국 여행자들은 그날따라 보이지 않았고, 직원에게 약 있냐고 물어봤더니 바세린(vaseline)밖에 없다고 했다.

뜬 눈으로 밤을 지새우고 다음날 아침 약국을 찾아갔다. 약사는 말한다. 약을 먹으면 1주일 정도 지나면서 낫고, 병원가면 주사를 맞을 수 있는데 주사를 맞으면 3일 정도 지나면 괜찮아질 거라고. 그런데 주사비가 100유로 정도 한다고 했다. 어차피 겪어야 하는 일이라면 온 몸으로 겪어보자 하는 생각이 들었다. 주사 맞는 데에 100유로를 쓰긴 싫었다. 그리고 설명을 듣고 괜찮아진다는 말에 조금은 안심했다. 숙소에 들어가 가만히 있기에는 지나치게 좋은 날씨였다. 그래서 안 좋은 몸을 이끌고 무작정 걷기 시작했다. 걷다 보니 저 멀리 독일의 상징과도 같은 브란덴부르크 문이 보였다. 거리에 사람들도 많았다.

거리를 걷고 있는데 중간에 사람들이 많이 모여 있는 곳이 있었다. 나는 걸으면서 무심히 그곳을 쳐다보았다. 엎어놓은 컵 세 개가 보였다. 그리고 컵 아래 구슬 같은 작은 물건을 숨기고 요리조리 섞고 있었다. 바로 야바위였다. 그런데 그 순간 이상한 일이 일어났다. 아주 순식간에 내 발이 어떤 컵 앞에 놓여 있는 것이 아닌가. 그리고 앞에서 구경하던 사람들의 응원 소리가 들려왔다. 모든 것이 순식간에 일어났고 나는 정신을 차릴 수 없었다. 그냥 그 발을 빼고 가던 길을 가면 되는데 나는 거기서 계속 멈칫하고 있었다. 혹시나 하는 욕심이었다. 내가 거기서 확신을 가지고 돈을 걸어서 구슬이 있는 곳을 맞히면 돈을 몇 배로 돌려받고, 아니면 돈을 뺏기는 것이다. 나도 모르게 백에서 돈을 꺼내고 있었다. 뭔가에 홀린 듯이. 그것도 200유로를.

결과는? 안 봐도 뻔하다. 속임수를 전문으로 하는 사람들이 그 돈을 따가게 놔두지는 않겠지? 확신했던 컵에는 아무것도 없었다. 그리고 난 순식간에 200유로를 날렸다. 그때 정신이 들었다. '한 여름 밤의 꿈'에 나오는 것처럼 누군가 나에게 뭔가를 홀리는 약을 뿌렸음이 분명했다. 돈을 뺏기고 나니 정신이 돌아왔다. 그리고 난 망연자실했다. 버스 정류장에 앉아 울고 있는데 옆에 있던 독일 노인이 나에게 안됐다며 잊어버리라고 한다. 그건 절대 찾을 수 없는 돈이라고.

난 야바위꾼들이 자리를 옮기는 곳마다 따라가서 그 사람들을 노려보았다. 그렇게 몇 번을 따라 다니가 그들이 조직적으로 움직인다는 사실을 알아냈다. 그 앞에서 행인인 척 돈을 거는 사람도 그들과 같은 편이었다. 갑자기 무서워졌다. 그들이 음침한 골목으로 들어가기에 나는 따라가는 걸 그만두었다. 만약에 내가 그 사람들을 끝까지 쫓아갔더라면 나에게 무슨 일이 일어났을지 아무도 모른다.

그때 내가 할 수 있는 일이라곤 내 생각을 바꾸는 것뿐이었다. 그냥 액땜했다고 생각하는 것이다. 그리고 이미 일어난 일에 대한 부정의 에너지를 긍정으로 돌리는 것이다. 앞으로의 남은 긴 여정에서 얼마나 좋은 일이 생기려고 이런 일이 생기는지라고 여기며 말이다. 그리고 몸 안 다친 것에 감사했다. 나에 대한 후회보다 반성을 했다. 그 와중에서도 최악의 상황까지 가지 않은 것을 감사하며 이 덕분에 앞으로 좋은 일이 생길 거라고 기대하는 것. 이것이 바로 나를 지키는 두 번째 방법이다.

여행을 할 때는 똑같은 장소라도 어떤 경험을 하느냐에 따라 좋은 곳이 되기도 하고 나쁜 곳이 되기도 한다. 나에게 베를린은 기억하고 싶지 않은 곳이 되었다. 하지만 이런 에피소드가 있는 곳이 더 많이 기억나는 걸 아는가? 예상치 못한 안 좋은 사건이 일어났을 때, 그 사건을 인정하고 최대한 빨리 잊고 거기서 배울 점을 찾는 거다. 그리고 내 마음을 긍정적으로 바꿔 나에게 유리한 쪽으로 생각하는 것이다. 인생이고 여행이고 예상치 못한 사건의 연속이다. 그 상황에서 내 마음을 단단하게 지키는 것! 그것만이 답이다.

03
_____

사막에서 만난 자유

　자유롭다는 것은 거침이 없다는 뜻이다. 나는 자유를 사랑한다. 자유로울 때 나다운 모습을 드러낼 수 있다. 또한 창의성을 발휘할 수 있다. 자유로울 때 새로운 아이디어가 많이 나온다. 하지만 자유가 지나치면 방종이 된다. 무엇이든 지나치면 부족함만 못하게 되니 말이다. 그 경계를 조심해야 한다.

　살다 보면 사람들은 '자유'가 사라졌다는 말을 많이 한다. 내 맘대로 인생을 살 수 없을 때, 누군가로 인해 인생이 좌지우지될 때 그런 느낌을 갖는다. 아니면 남을 의식할 때 그렇게 된다. 어디서나 거침없이 자유롭게 내 모습을 드러낼 수 있다는 것은 축복이다. 그게 바로 '나다움'이기 때문이다. 나답게 산다는 것은 내 모습을 자유롭게 풀어 놓는 것이다.

나를 있는 그대로 자유롭게 풀어놓고 싶은 때가 있었다. 인도 여행을 할 때였다. 인도 서부에 있는 '자이살메르'라는 곳에 갔다. 그곳은 사막 지역으로 성벽에 둘러싸여 있는 도시다. 동트기 전의 자이살메르 성은 정말 아름답다. 이곳에는 낙타를 타고 사막을 투어하는 프로그램이 있었다. 자이살메르에 도착해서 가장 먼저 한 일은 사막 투어를 신청하는 것이었고, 그 다음날 아침부터 1박 2일 프로그램을 참여할 수 있었다.

아침 식사를 하고 8시에 지프를 타고 중간에서 구루들을 만난다. 구루는 힌두교에서 자아를 터득한 신성한 교육자들을 의미하지만 일반적으로 선생님을 통칭한다. 그리고 각자 낙타를 배정받는다. 투어를 시작하는 사람들은 총 열한 명이었다. 대부분이 한국 사람이었다. 나와 함께할 낙타의 이름은 '마이클 잭슨'이었다. 그리고 그 낙타몰이꾼은 열두 살의 '사짜'란 이름을 가진 친구였다. 부모님의 보호 아래서 학교를 다니고, 친구들과 뛰어놀아야 할 나이인데 사짜는 낙타몰이꾼을 하며 돈을 벌고 있었다. 하지만 누구보다 발랄하고 귀여운 친구였다. 그 무엇보다 자신의 일에 최선을 다하는 모습이 무척 예뻤다. 자신을 낙타를 몰고 다니는 일이 행복하다고 했다.

내가 상상하는 모래사막에 가려면 낙타를 타고 한참을 가야한다고 했다. 낙타를 탄다는 것은 느림의 미학을 배우는 일이다. 처음에만 좀 신기하고 재미있지 지루하고 힘든 시간들을 견뎌야 한다. 우리 인생도 마찬가지다. 처음에는 신기하고 재미있어 보이는 일도 시간이 지나면서 지루함과 답답함을 느낀다. 그때 우리가 하고 싶은 건 '일탈'이다. 일상생활에서 탈출하기. 낯선 환경 속으로 들어가면 지루함은 어느 정도 해소된다. 그래서 우리는 여행을 한다. 여행에서 돌아와서 현실로 돌아갈 때는 그 전에 그렇게 지루한 일과 환경이 어느 정도 해소되어 있는 것을 알 수 있다. 그래서 가끔은 낯선 환경 속으로 나를 던져 놓는 것도 필요하다. '자유'를 느낄 수 있게 말이다.

낙타를 타고 한참 가다가 점심시간이 돼서 구루들이 만들어 주는 식사를 했다. 차파티(밀가루를 반죽하여 동글고 얇게 만들어 구운 인도의 음식)와 차이(홍차에 우유·설탕·향신료 등을 넣어 만든 인도식 밀크티)다. 그리고 낮잠을 잔다. 낮잠 후에는 또 낙타를 타는 긴 여정이 시작된다. 오후 늦게 끝없이 펼쳐진 모래사막에 도착했다. 환상적이었다. 노을이 지기 전이라 더 분위기 있게 다가왔다.

아까운 풍경에 뭐라도 남겨놓아야 할 것만 같았다. 무엇보다 아무것도 없는 자연 그대로의 모래사막에서 뭔가 걸치고 있는 내가 거추장스럽게 느껴졌다. 온전한 자유를 만끽하고 싶었다. 나와 자연이 혼연일체가 되어 아무것도 거리낌이 없는 상태가 되고 싶었다. 옷을 하나둘 벗기 시작했다. 지금 이 순간 '청춘의 객기'를 맘껏 누리고 싶었다. 다행히 모래는 산처럼 되어 있어 다른 친구가 있는 곳에서는 우리가 보이지 않았다. 우리는 사막 더 깊이 들어갔다. 일행 중에 사진작가를 하는 친구가 있었다. 우리는 그곳에서 나를 나답지 못하게 하는 거추장스러운 것을 모두 벗어던지고 완전한 자유를 느꼈다. 그리고 청춘의 소중한 순간을 사진으로 담아냈다. 기분은 정말 끝내줬다. 글로 표현할 수 없을 정도로.

아마도 지금보다는 더 '청춘'이었기 때문에 가능했던 일이다. 어떤 상황에서든지 '유연'했기에 가능했던 일이기도 하고. 가끔 자유가 그리울 때 그 사진을 꺼내보며 추억한다. 일상에서나 여행에서나 그런 순간은 예고 없이 다가온다. 그럴 때 체면이나 다른 사람의 이목을 생각해 멈칫하지 않기를 바란다. 내게 주어지는 찰나의 기회를 놓치지 말고 잡기 바란다. 그 경험은 나와 평생을 함께하며 나의 든든한 보이지 않는 친구가 되어줄 것이다. 어쩌면 그런 치기 어린 경험 덕분에 내가 말랑말랑해지는 것일 테니.

사막의 경험이라고 해도 다 같은 것은 아니다. 페루 '와카치나'에 있는 사막에서는 스피드를 즐겼다. 낙타를 타고 한참을 가야 하는 '자이살메르'와 달리 도시에서 차를 타고 조금만 들어가면 환상적인 모래사막과 오아시스가 있다. 그곳에서는 '버기카투어'를 한다. 사막에서 폭주족처럼 빠르게 달리고 또 달린다. 놀이기구를 타는 느낌이다. 느림의 미학을 보여주는 사막과 광적으로 질주하며 스피드를 느끼는 사막이 완전 대비되었다.

우리가 느끼는 '자유'라는 것도 하나의 모습이 아닌 여러 가지 모습을 하고 있을 것이다. 틀 속에서 자유를 느낄 수도 있고, 완전히 풀어 놓은 환경에서 어디로 튈지 모르는 자유를 느낄 수도 있다. 그런 자유로움을 느낄 수 있는 환경 속에 있다 보면 온전한 나를 보게 된다. 그 자유 속에서 어떤 것에도 구애받지 않고 춤을 출 수 있는 것. 축복이다.

어떤 제도 속에서 자란 사람들은 제도 밖으로 나가는 것을 굉장히 두려워한다. 마음속에서는 자유로워지고 싶다고 말하지만 자유가 주어졌을 때 어떻게 써야 할지를 모른다. 대부분의 사람들은 자유로운 상태보다 어떤 집단에 소속되어야 안정감을 느낀다. 나도 그런 것에 안정감을 느끼던 시절이 있었다. 하지만 어느 순간 그 안정된 것들을 벗어 던지고 나다움으로 살기 시작했다. 사람들은 나에게 그런 상태가 불안하지 않으냐고 물었다. 20대 때는 솔직히 불안했다. 내가 어디 속해 있지 않은 것이. 하지만 지금은 매우 감사하다. 자유 속에서 내가 원하는 대로의 시간 활용이 가능하다.

나는 사막에서 진정한 자유를 만났다. 내가 입은 것들을 벗어 던지면서 사막과 하늘과 내가 온전히 있으면서 나라는 '존재' 자체를 보았다. 짧은 시간이었지만 오롯이 나에게 집중했다. 진정한 나를 만날 때는 주위의 어떤 환경도 문제되지 않는다. 그리고 진정한 나를 만났다. 자유가 가져다준 선물이었다.

당신의 자유로운 여행을, 그리고 자유로운 삶을 응원한다.

04

솔직함은 관계에서 가장 큰 무기다

아무것도 없는 사막에서 밤을 지새운다는 것은 정말 멋진 일이었다. 내 오랜 바람 중 하나이기도 했다. 인도의 자이살메르 모래사막에서 1박을 지새우며 캠핑을 했다. 우리를 감싸고 있는 것은 밤하늘을 수놓은 별들과 모래사막뿐이었다. 그 안에서 보호받고 있다는 느낌을 받았다. 우리는 사막에 텐트를 쳤다. 그리고 아주 원시적인 방법으로 모닥불을 피웠다. 낭만이 가득한 순간이었다. 이런 순간이 오면 사람들은 서로에게 솔직해진다. 그리고 각자의 사연을 꺼내놓기 시작한다. 단체 여행을 하면서는 알 수 없던 개개인의 모습이 낱낱이 드러나고 만다. 투어를 마치는 시점에 서로의 관계가 한 발짝 더 나아가 있는 것을 느꼈다.

"세상에서 가장 어려운 일이 뭔지 아니?"

"흠, 글쎄요. 돈 버는 일? 밥 먹는 일?"

"세상에서 가장 어려운 일은 사람이 사람의 마음을 얻는 일이란다."

생택쥐페리의 《어린 왕자》 속에 나오는 이 대사에는 많은 의미가 내포되어 있다. "한 사람의 마음을 얻는다는 건 우주를 얻는 것과 같다"라는 말도 있듯이 삶에서 누군가의 마음을 얻는다는 건 중요한 일이다. 심리학자 서은국 교수는 '행복'을 주는 것은 결국 '사람'이라고 주장한다. 나 또한 사람 때문에 울고 웃는 그런 보통의 사람이다. 서로에게 솔직할 수 있을 때 그 관계는 더욱 끈끈해진다. 그리고 그 덕분에 행복을 느낀다.

최근에 친구를 통해 알게 된 언니가 있다. 몇 번 보지 않았지만 난 그 언니에게 묘하게 끌렸다. 사람으로서 말이다. 언니는 우리들을 만날 때는 솔직할 수 있어 행복하다고 말을 했다. 일을 할 때 자신에 대해 거짓말을 해야 하는 상황이 많다고 했다. 처음에는 무슨 이야기인지 몰랐다. 하지만 언니의 얘기를 듣고 나서 언니의 입장을 이해할 수 있었다.

언니는 헤비메탈 밴드 가수다. 지금은 장르를 불문하고 무대에서 노래를 부른다고 했다. 어렸을 때부터 미군 부대에서 공연하는 아버지를 따라 다니다 보니 자연스럽게 가수가 되었다고 했다. 그리고 한국어보다 영어를 하는 게 더 편하다고 했다. 지금은 외국인과 결혼해서 같이 밴드를 하고 있다. 외국인과 공연을 다니다 보니 자신도 외국인인 것처럼 연기를 해야 한다는 것이다. 그리고 공연 관계자도 그걸 원한다고 했다. 심지어 계약서에 한국어를 하지 말라는 조항을 넣어 사인한 경우도 있다고 했다. 그렇게 연기를 해야 하는, 솔직하지 못함이 싫다는 것이다. 한국 사람인데 한국어를 하면 안 되고, 거짓으로 자신을 소개해야 한다는 것이 싫다고 했다. 우리를 만날 때는 그런 거짓말을 안 해도 돼서 좋다는 것이었다. 솔직하게 자신을 보여줄 수 있어 좋다고 했다. 그리고 서로 간의 관계에서 중요한 건 솔직함이라고 말했다.

솔직하다는 것은 거짓 없이 나를 있는 그대로 내보이는 일이다. 관계를 맺으며 상대방에게 나를 솔직하게 내보이지 않는다면 누구나 금세 알아챌 것이다. 그리고 그 관계는 적당한 선에서 맴돌며 더 이상 앞으로 나아갈 수는 없을 것이다. 그리고 누군가에게 솔직해질 수 있다는 건 자신에게 솔직하다는 증거이기도 하다.

신기하게도 사람들은 여행할 때 지나칠 정도로 솔직해지는 걸 경험한다. 어쩌면 자신의 현재 모습만 아는 사람이라 그럴지도 모른다. 여행에서 만나는 사람과는 어떤 이해관계가 생기지 않는다. 그리고 여행 중에 만난 사람은 현실로 돌아가더라도 만날 확률이 적다는 생각에 유독 더 솔직해지는지도 모른다. 그렇게 생각하니 내 자신을 가볍게 내보일 수 있는 것 같다.

스페인 산티아고 순례길을 걷는 도중에 만난 친구가 있다. 바르셀로나에서 온 친구였다. 그 친구는 지나치게 솔직했다. 자신의 상처에 솔직했고, 느끼는 감정에도 솔직했다. 그리고 무엇보다 성에 대해서도 과감할 정도로 솔직했다. 그에게 사랑이란 자신이 지켜주고, 보듬어줘야 하는 대상이었다. 그런 생각들이 어린 시절부터 지금까지 살아온 환경 때문에 생긴 것 같았다. 그러면서 하는 말이 나보고 솔직하지 못하다는 것이다. 인간의 자연적인 본능 앞에 부끄러워할 것이 아니라 솔직해야 할 필요가 있다며 매번 일장 연설을 늘어놨다. 그리고 그렇게 우리는 친구가 되어 갔다.

하지만 솔직함이란 것도 어느 정도 상대에 따라 달라진다는 느낌이 든다. 어떤 관계에서는 나의 모습을 전부 내보일 수 있는 반면, 어떤 관계는 그렇지 못하다. 상대적인 것이다. 그럼에도 불구하고 솔직함은 관계를 유지시켜 주고, 더 깊이 나아가게 하는 확실한 무기라고 말하고 싶다. 더 이상 상대에게 솔직할 수 없는 관계는 이미 깨진 관계라고 봐도 되기 때문이다.

20대 때 나의 모든 것을 털어놓을 수 있는 친구가 있었다. 사건 사고를 몰고 다니며 휘몰아치는 감정을 어떻게 처리해야 할지 몰랐을 때 그 친구가 항상 옆에 있었다. 그리고 여행 스타일도 맞아 여행도 많이 다녔다. 나는 조용하게 리드하는 편이었고 그것을 항상 친구가 따랐다. 그렇게 우리는 다른 듯 비슷하게 변해가며 청춘의 시절을 함께 공유하고 있었다.

그 와중에 나의 1년 장기 여행 프로젝트가 생긴 것이다. 그렇게 1년 동안 가끔 연락만 하면서, 각자의 삶의 터전에서 최선을 다해 살았다. 그 이후 친구를 만났을 때는 아주 많이 낯선 느낌을 받았다. 친구가 많이 변해 있었다. 좋은 쪽으로 말이다. 예전에는 어떤 일을 추진할 때나 여행을 갈 때 의견이 크게 없었다. 그런데 이제 자신의 소리를 많이 내고 있었다. 여행을 가서도 아주 적극적으로 장소를 찾아다니는 모습을 보여주었다. 그간 친구도 혼자 여행을 많이 하면서 자신만의 노하우가 생긴 듯했다. 둘이 있을 때는 어느 정도 의지해서 갈 수 있는 부분도 혼자서는 스스로 다 감당해야 하기 때문이다. 그렇게 독립심이 키워진다. 그런데 너무 독립심만 키우다 보면 정작 기대야 할 상황인데도 기대지 못하는 일이 발생한다.

세월에 따라 같은 장소라도 풍경이 변한다. 그리고 사람도 자신이 처한 상황, 경험에 따라 변해간다. 자주 만나서 얘기를 나누면 그 변해가는 모습을 보면서 서로 맞춰간다 하지만 오랜만에 보면 예전 그 사람의 모습만 생각하고 대하게 된다. 거기서 낯선 느낌을 받는다. 그만큼 서로 관계의 간극이 커진 것이다. 그래서 관계에서도 자주 보면서 소통하는 것이 중요하다.

어느 순간, 그 친구를 만났는데 내가 더 이상 솔직할 수 없다는 것을 알았다. 그리고 그건 과거에 함께하면서 친구가 나에게 솔직하지 못했던 몇 가지의 사건을 겪고 난 후였다. 그 친구는 그대로였을 수도 있다. 내 사람이라 생각해서 내가 무조건 덮어두었던 것들이 객관적으로 보이기 시작했다. 내가 변한 것이다.

서로의 관계가 유지되는 것은 한 사람만의 노력으로 되는 것이 아니다. 쌍방의 노력이 뒷받침되어야 한다. 그리고 무엇보다 솔직해져야 한다. 솔직함이야말로 관계를 오래 유지하고, 깊어지게 하는 최고의 무기이기 때문이다.

가야 할 길을 안다는 것

나는 지도를 잘 보는 편이다. 지도를 잘 본다는 것은 방향 감각이 있다는 뜻이다. 그리고 난 전체 지도가 머리에 들어와야 세부적으로 움직일 수 있다. 내가 가야 할 길을 정확하게 알고 나서 발을 뗀다. 그렇게 해야 마음이 편하다. 가야 할 길을 정확히 모르고 간다는 건 많은 시행착오를 겪어야 한다는 뜻이고, 그렇게 몇 번 길을 잃고 나면 두려움이 생기기도 한다.

여행을 할 때 이미 만들어 놓은 지도를 따라가기만 해도 길을 찾을 수 있다. 하지만 인생이라는 큰 그림을 봤을 때 우리는 아직 지도를 만들어 가고 있는 중이다. 이미 지도가 만들어져 있어 목적지대로 따라갈 수 있다면 얼마나 좋을까? 하지만 우리는 그 누구도 발견하지 않은 인생이라는 미지의 세계를 개척해

가는 중이고, 살고 있는 중이다. 지금은 현재 진행형이지만 먼 훗날 봤을 때 자신의 인생을 기특하게 여길 날이 있을 것이다.

그렇기에 인생은 완벽하지 않은 거다. 누가 만들어 놓은 꽃길을 따라가는 것이 아니기 때문이다. 결국 내가 가야 할 인생길은 내가 찾아야 한다. 이리저리 부딪히며 넘어져도 꿋꿋이 일어나서 걸어가야 한다. 진짜 내가 가야 할 길을 알려고 우리는 방황이란 것도 한다.

시골 의사 박경철은 《자기혁명》이라는 자신의 저서에서 "인간에게 방황이 없다는 것은 나아가려는 의지가 없다는 말과 같다. 인간은 욕망하는 동물이며, 그 욕망은 더 나아지려는 의지의 원동력이기 때문이다. 방황은 한계를 극복하기 위한 실천의 힘이며 그것을 넘어선 것이 성취다"라고 했다.

자신이 가야 할 길을 명확하게 아는 사람이 얼마나 될까? 명확한 길을 알려면 자신이 누구인지 알아야 하고, 좋아하는 것이 무엇인지 알아야 한다. 그리고 여러 경험을 해보고 정확한 길을 찾아야 한다. 길을 정확하게 알고 가더라도 생각한 것과는 다를 수 있기 때문이다. 그래서 그 길을 찾는 과정 중에는 방황이란 것도 용납해야 한다. 한계를 극복하기 위해서이고, 앞으로 나아가기 위해서다.

요즘 초등학생들에게 꿈에 대한 질문을 하면 이렇게 대답하는 학생들이 많다.

"공무원 할 거예요. 엄마가 그게 제일 안정적이고 좋대요."

어렸을 때는 타인의 평가가 내 삶을 규정짓는다. 꿈도 그렇게 설정된다. 그럴 수도 있다. 아직 자신에 대해 잘 모르고, 주변 사람들과 환경의 영향을 많이 받을 때니 말이다. 그런데 30대의 나이를 살고 있는 사람들도 별반 다를 게 없어 보인다.

"5년을 공부해서 공무원 시험에 합격했어. 일을 하는 데 적성에 맞지 않는 거 같아. 행복하지가 않아. 그런데 내가 뭘 원하는지도 모르겠어. 어떤 길을 가야 할지 모르겠어. 일단은 휴직을 하면서 생각해 보려고."

청춘을 다 바쳐 공무원 시험에 매달렸던 친구는 이제야 자신이 가야 할 길을 진지하게 고민하기 시작했다. 남들이 따라가는 길을 가니 튀지 않아 좋았는데, 가서 보니 자신이 원하던 일이 아니었다는 것이다.

우리의 20대는 안정성 있는 미래를 준비하려고 저당 잡는 시기가 아니라 진짜 자신을 찾아가야 하는 시기라고 말해주고 싶다. 마음의 소리를 따라 움직여보는 시간이라고 말이다. 이런 저런 경험을 해보고 깨지고 부딪혀도 보면서 자신에게 맞는 일이 뭔지 자신이 평생 가야 할 길이 어떤 길인지 알 수 있는 시기다. 누가 말해준다고 아는 게 아니라 오롯이 자신의 경험으로 알 수 있다.

자신을 제대로 볼 줄 모르면 제대로 된 인생을 살 수 없다. 평생을 방황할 수밖에 없을 것이다. 평생 가야 하는 길을 명확히 찾기 위해서라면 잠깐 방황을 허락해도 된다. 우리가 지구라는 별에 온 각자의 소명이 있기 때문이다. 그런 개개인의 위대한 목적을 명확하게 찾을 때 인생이 몰라보게 달라지는 것을 볼 수 있을 것이다.

나의 아버지는 엄격하기로도 엄격한 군인이셨다. 그리고 딸인 나에게도 군인이 되기를 권하셨다. 본인이 군인이란 직업에 자부심을 느끼고 무엇보다 안정적인 직업이라 생각하셨기 때문이다. 아버지의 뜻에 따라 여군이 되는 데 필요한 시험을 치르기도 했었다. 체력 시험을 치르는 날, 눈빛이 타오르는 여군 지원자들을 보면서 이 길이 나의 길이 아니라는 것을 느낄 수 있었다. 또 중학교 3년간 내 담임을 맡으셨던 선생님께서는 미래에 국어 선생님을 하는 게 어떻겠느냐고 하셨다. 하지만 나는 다른 길에 도전하고 싶었다.

친구들이 안정적인 직업을 찾아 진로를 선택할 때 나는 도전을 선택했다. 사람마다 생긴 게 다르고, 가지고 있는 재능이 다른데 취업이 쉽다는 이유로 같은 길을 선택하는 것을 납득할 수 없었기 때문이다. 누군가 진로를 추천해줄 때, 자신이 원해서 한다면 그것만큼 좋은 것은 없을 것이다. 하지만 원하지도 않는데 취업이 잘된다는 이유로 무작정 그 길을 선택하라고 하는 게 싫었다.

그래서 내가 원하는 직업을 갖고자 도전했다. 방송 작가가 되었고, 뮤지컬 연출 파트에서도 일해 봤으며, 글쓰기와 영어와 뮤지컬을 가르치기도 했다. 내가 좋아하는 것을 알기 원했고, 도전하면서 최종적으로 내가 앞으로 뭘 해야 하는지 알게 되었다.

솔직히 그 과정이 쉽지만은 않았다. 내가 살아온 익숙하고 편한 환경을 버려야 했고, 힘든 상황을 버텨야 할 때도 있었다. 하지만 꿈이 있고, 내가 가야 할 길이라면 그 길이 힘들다고만 느껴지지는 않는다. 오히려 힘들어도 재미있게 넘을 수 있다. 그렇기에 부딪혀 보고 경험하는 것을 마다하면 안 된다. 평생 가야 할 길을 찾을 수 있을 뿐 아니라 삶에 대한 내성이 생기는 것을 경험할 수 있다.

그 경험 안에 반드시 넣어야 할 것이 있다면 바로 나 자신을 찾기 위한 여행이다. "여행은 우리 본래의 모습을 찾아 준다"라는 작가 알베르 카뮈의 말처럼 나 또한 20대 때 여행을 통해 나를 알아갔기 때문이다. 그리고 내 삶을 책임지는 법을 배웠다. 여행은 우리 삶과 많이 닮아 있기 때문이다. 특히 혼자 하는 여행은 나를 찾는 최선의 방법이다. 누구와 함께 여행을 가면 어느 정도 의지하게 된다. 의견이 강한 쪽으로 따라가면 되기 때문이다. 그래서 편안함은 있다. 하지만 혼자 하는 여행에서는 모든 걸 내가 결정해야 한다. 어디를 갈지 계획을 세우고 낯선 땅을 밟으면서 그 안에서 나라는 존재를 완전히 알아간다. 그리고 전적으로 나의 결정으로 모든 것이 이루어진다. 내가 하는 결정이 바로 나이기 때문이다. 그리고 그 결정의 힘은 내 인생에서도 발휘할 수 있다.

시골의사 박경철은 《자기혁명》에서 이렇게 덧붙인다. "고민과 방황은 마치 숨 쉬고 밥 먹는 것처럼 우리와 함께한다. 하지만 그래도 계속 방황하며 노력하는 것, 주저앉지 않는 것, 그것이 나의 삶을 증명하는 유일한 길이다."

평생 가야 할 길을 찾는 것이 말처럼 쉬운 일은 아니다. 그리고 그 과정에서 고민과 방황은 당연하다. 하지만 그곳에서 깨달음을 마주할 수 있다. 오랫동안 길을 헤매고 왔더라도 자신의 길을 명확하게 찾으면 주변을 둘러보지 않게 된다. 어떤 평가를 받아도 흔들리지 않는다. 바로 내가 지구라는 별에 온 위대한 목적을 발견했기 때문이다. 그리고 그것이 인생의 나침반이 되어 가야 할 길을 명확히 알게 해준다. 삶에서 그것을 아는 것만큼 중요한 일은 없다.

내가 가진 것에 집중하고 감사하기

나이를 인지하지 못하다가 어떤 순간에 '내가 이렇게 나이를 먹었구나' 하고 생각할 때가 있다. 군인들이 아저씨가 아니라 군인 동생이 되었을 때다. 또 하나는 띠동갑을 넘은 친구들을 여행지에서 만날 때다. 내가 언니, 오빠라고 부르며 따르던 사람들은 온데간데없고, 어느 그룹에서나 내가 가장 연장자일 때가 많다.

누구나 나이를 먹는 건 사실이고, 그만큼 다양한 경험도 했을 텐데 나이 앞에서 주눅이 드는 건 비단 나뿐일까? 존댓말이 존재하기에 어디를 가나 서열을 중시하는 우리나라에서는 나이로 내 가치가 매겨지는 느낌을 지울 수 없다. 그리고 나이뿐 아니라 어떤 직업을 가지고 있는지, 얼마를 버는지, 어디에 사느지에 따라 우리는 사람을 대략적으로 평가하기도 한다. 그런 평가는 자신이 가지고 있지 않은 것에 초점을 맞춰 바라보고, 살게 하기도 한다.

20대 때 함께 많은 추억을 쌓았던 친구와 오랜만에 만났다.

"제대로 돈도 모으지 못하고 이렇게 나이만 들어버렸어."
"남자도 없고 이게 뭐지?"
"나는 왜 이렇게 영어를 못할까?"

등등 자신이 가지고 있지 못한 것에 초점을 맞춰 얘기를 이어가고 있었다. 나는 이렇게 얘기를 해주었다.

"너 지금 살 집 있지? 차 있지? 돈 벌 수 있는 직업 있지?"
"그동안 여행 맘껏 하면서 살았지?"
"너 그림 그리는 데 소질 있지?"

친구는 대답했다. 모든 질문에 "응"이라고.

"그렇게 가진 것이 많은데 왜 가지고 있지 않은 것에 집착해? 가진 것에 감사하면서 살아."

지금은 이렇게 말할 수 있지만 나 또한 20대 때는 내가 가지지 못한 것을 부러워하며, 불평과 불만을 입에 달고 살았던 것 같다. 특히 한국이란 나라에 대해서 말이다. 그래서 꼭 한국을 떠나서 살리라 다짐했었다. 내가 태어난 장소는 맘대로 정하지 못하지만 내가 앞으로 살아갈 터전은 내 마음대로 정할 것이라 하면서 말이다. 그래서 여행을 다녔는지도 모르겠다.

그런데 난 여행의 끝에서 한국이라는 나라에 감사함을 느꼈다. 그리고 한국을 떠나 사는 것이 꼭 핑크빛은 아니라는 것도 알게 되었다. 내가 어디에 있든, 어떤 삶을 살든 그곳에서 감사하고 만족하는 법을 배우게 되었다. 여행을 하며 부딪치고 살아보는 경험을 하며 얻은 깨달음이 아닐까 한다.

또한, 해외에서 사는 게 로망이었던 어떤 한 친구와의 대화 속에서 어느 순간 내가 삶에 대해 생각하는 관점이 달라졌다는 것도 깨달았다. 20대 때는 "한국이 이래서 싫고, 저래서 싫다"라는 말을 했었다. 그런데 많은 곳을 여행해본 우리는 30대 중반에 들어서서 비로소 "한국은 이래서 좋고, 저래서 좋다"를 말할 수 있었다. 한 곳에서만 살아보면 그곳이 정말 좋은 곳인지 좋지 않은 곳인지 알 수 없다. 다양한 경험 속에서 포용할 수 있는 범위가 늘어나게 되는 것이다. 모든 것은 그대로지만 바라보는 시선, 즉 마음 하나로 우리는 모든 것을 바꿀 수 있다는 것은 사실이다.

앞에서도 얘기했지만 좀 더 구체적으로 우리가 한국에 대해 자부심을 가질 만한 것을 말한다면 세 가지로 요약할 수 있다.

첫째는, 한국 음식이다. 여행을 다닐 때는 그 나라에 온전히 적응해야 한다는 생각에 한국 음식은 쳐다보지도 않았다. 그렇게 많은 나라의 음식을 먹어보고, 물가를 체감하면서 한국 음식만 한 것이 없다는 것을 알았다. 무엇보다 종류가 푸짐하고, 맛있고, 건강하게 만드는 음식이다. 예전에는 여행하면서 햇반, 고추장, 라면 등을 싸오는 것을 이해할 수 없었다. 그런데 그 나라의 비싼 전통 음식보다 햇반과 고추장이 여행하다가 아플 때 만병통치약이 될 수 있다는 것도 알았다.

둘째는, 교통과 통신이다. 지하철과 버스 등의 연결이 편리하게 잘되어 있다. 교통비도 저렴하고, 무엇보다 환승제도는 환상적이다. 어딜 여행하든지 우리는 어떤 교통수단을 이용할지 선택할 수가 있다. 타의 추종을 불허하는 빠른 와이파이가 있다. 다른 나라를 여행하다 보면 느린 속도에 한국이 그리워질 때가 한두 번이 아닐 것이다. 그리고 공공장소에서도 무료로 이용할 수 있다는 것이 매력이다.

셋째는, 바로 한국어다. 우리는 자국어를 가지고 있다는 것에 충분히 자부심을 가질 만하다. 한국어를 다른 나라 언어로 번역할 때는 표현할 수 없는 것들이 많다. 그만큼 다양하고 풍부하게 표현할 수 있다는 것이다. 그리고 요즘에는 한류 문화의 영향으로 세계 어느 나라를 가든 한국어를 배우는 사람을 심심찮게 만날 수 있다.

이렇게 한국어라는 과학적인 언어를 구사하고 있음에도 불구하고 많은 여행자들이 영어를 잘 못한다고 주눅 들어 있다. 언어를 구사할 때 잘하고 못하고의 기준은 없을진대 항상 한국 사람들은 겸손의 미덕을 보인다. 잘하면서도 항상 잘 못한다고 말한다. 반대로 여행을 하다가 영어가 모국어가 아닌 유럽권의 친구들을 만나면 자신은 영어를 굉장히 잘한다며 자신감에 차 있는 것을 볼 수 있다. 하지만 그렇게 말하는 사람이 한국 사람보다 영어를 구사하지 못할 때가 많았다.

모든 것은 자존감에서 나오고, 자신감에서 나온다. 그것들로 인해 나의 삶이 결정된다. 자신이 가지고 있는 것에 가치를 부여할 수 있는 삶으로 말이다. 그리고 그것에 집중하는 인생을 살게 된다. 항상 감사가 넘치고 행복할 수밖에 없다.

불행히도 우리는 어렸을 때부터 자신의 가치에 집중하지 않고, 오히려 못하는 것에 집중했다. 예를 들어 이런 식이다. 영어에 흥미를 가지고 영어를 굉장히 잘하는 친구가 있다고 하자. 그런데 이 친구는 수학을 못한다. 그러면 부모님은 어떻게든 수학 점수를 끌어올리기 위해 수학에 모든 것을 바치려 한다. 학원에 보내고 과외를 시키면서. 하지만 그렇다고 그 친구가 수학에 흥미를 갖게 되리라는 보장은 없다. 오히려 자신이 좋아하는 영어와 멀어지는 삶을 살다가 나중에는 뭘 좋아하는지도 모르는 인생을 살게 된다.

좋아하는 것이 있고, 잘하는 것이 있다면 그것에 집중해서 그쪽의 재능을 계발하는 것이 옳다. 못하는 것을 잘하게 하려고 노력하면 흥미도 안 생길뿐더러, 자신의 삶에 부정적인 시각을 가질 확률이 높다. 지금이라도 자신이 가지고 있는 것에 집중하고 감사해보자. 인생은 내가 가진 것으로부터 시작되는 법이다. 그것에 집중하다 보면 자신감이 생기고 즐거워질 것이다. 그렇게 행복하고 풍요로운 인생을 살게 될 것이다.

07
_____

히말라야에서 배운 삶의 지혜

"조 작가, 신발 사이즈랑 옷 사이즈가 어떻게 되지?"

어느 날 아침, PD님이 출근하시면서 대뜸 질문을 던지신다.

"네? 갑자기 왜요?"

"히말라야 촬영 같이 가기로 한 작가가 못 가게 됐어. 조 작가가 가야겠어."

"히말라야요?"

히말라야 촬영이래서 한국에 있는 인도·네팔 레스토랑 촬영인가 했다. 그러다 정신을 차렸다.

"네? 뭐라고요? 진짜 네팔에 있는 히말라야를 간다고요?"

정말 믿을 수 없었다. 나의 버킷리스트에 있던 히말라야 트래킹을 갑자기 떠나게 된 것이다. 내가 가기로 계획된 자리가 아니었는데 난데없이 나에게 기회가 온 것이다. 네팔로 떠나기 바로 이틀 전에 말이다.

그때 나는 KBS에서 콘서트 프로그램을 담당하는 서브 작가였다. 그리고 메인 작가 언니도 있었다. 우리는 국제 아동 후원기구(NGO) 단체와 함께 콘서트 프로그램을 기획하고, 진행하고 있었다. 콘서트는 가수들이 나와 생방송으로 진행되지만, 공연 중간에 보여 줄 다큐멘터리 영상이 필요했다. 그래서 해외 촬영을 기획했었다.

NGO 단체를 통해 네팔, 아프리카 등의 아이들과 1대1 결연을 맺어 후원하는 분들이 계시는데 그중 네팔에 있는 아이를 후원하고 있는 엄홍길 대장님과 함께 촬영하기로 한 것이다. 정말 의미가 있었다. 그리고 연예인이나 유명 인사뿐 아니라 한국 학생 중에도 비슷한 또래의 네팔 아이를 후원하고 있는 친구가 있었다. 그 친구들을 엄홍길 대장님이 인솔해서 후원하는 네팔 친구들과 함께 히말라야 산을 등반한다는 콘셉트로 다큐멘터리를 찍을 예정이었다.

원래 메인 작가 언니가 동행하기로 했는데, 일이 생겨서 못 간다고 한 것이다. 그래서 내가 급하게 참여하게 되었다. 네팔 히말라야 트래킹은 인도 여행을 하면서 꿈꾸게 되었다. 그런데 인도를 다녀온 지 1년도 채 안 된 이 시점에 이렇게 갑작스럽게 가게 될 줄 몰랐다. 준비할 새도 없이 공항에 갔다. 그리고 그곳에서 엄홍길 대장님과 한국 아이들을 처음 만났다. 그렇게 우리의 15일 일정이 시작되었다.

방송이기 때문에 협찬사가 있었다. 점퍼는 받았는데 트래킹화는 사이즈가 없다고 해서 받지 못한 채 비행기를 탔다. 많은 사람들의 환호를 받으며 우리는 네팔의 수도인 카트만두에 도착했다. 그리고 그 다음날 헬리콥터를 타고 해발 3000미터에 위치한 마을로 갔다. 거기서부터 5200미터 정도 되는 에베레스트 베이스캠프까지 트래킹을 하는 일정이었다. 마을에 도착하자마자 내 운동화를 본 엄홍길 대장님이 말씀하셨다.

"신발이 그거밖에 없어요?"
"네. 운동화 신고 가면 안 되나요?"
"절대 안 되죠! 큰일 나요!"

아이들과 촬영차 가는 히말라야라서 별로 심각하게 생각을 하지 않았던 나는 대장님께 일침을 들었다. 그리고 대장님과 함께 현지에서 파는 등산화를 샀다. 그리고 본격적으로 산행에 올랐다.

엄홍길 대장님은 아시아 최초, 인류 역사상 8번째로 히말라야 8000미터 급 14좌에 완등하였으며 8000미터가 넘으면서도 14좌에 속하지 않는 위성봉 양룽캉과 로체샤르까지 완등하여 세계 최초로 16좌 완등에 성공하신 분이다. 그런 분과 히말라야에 오르는 것은 축복이었다. 히말라야를 자신의 집처럼 드나드는 엄홍길 대장님이신 만큼 그곳에서 대장님의 가족 같은 분들이 우리를 맞아주셨다.

3000미터까지는 괜찮았는데 4000미터가 넘는 곳을 가면서 고산증이 나타나기 시작했다. 고산증은 여러 형태로 나타난다. 난 시름시름 앓기 시작했다. 대장님이 말씀하셨다. 여기 있는 동안은 절대 씻으면 안 되고 몸을 계속 따뜻하게 해줘야 한다고. 그리고 절대 빨리 빨리 행동하지 말아야 한다고. 그러면 아플 수 있다고 하셨다. 천천히 말하고 행동하는 것이 고산증을 해결하는 방법이었다. 그리고 나는 털모자를 쓰고 머리를 감지 않은 채 10일을 버텼다.

고산증은 평소 익숙하지 않은 높은 환경에 갑자기 와서 생기는 증상이다. 사람은 어디서든 적응을 하기 마련이고, 고산증도 익숙해지면 아무렇지 않게 된다. 원래부터 높은 곳에서 살던 사람은 이런 고산증은 겪지 않으니 말이다. 인생도 이와 같다고 생각한다. 매번 낯선 환경에 적응해 나가는 일. 처음에는 힘들지만 적응하다 보면 편안해지는 일. 그러니 처음 만나는 환경 앞에 두려움을 갖지 말자. 모든 것은 다 지나가니까. 그리고 익숙해지니까.

낮에는 촬영을 열심히 하고, 밤에는 산장에 난로를 피워놓고 모여서 이야기꽃을 피웠다. 무엇보다 히말라야를 등반하면서 겪은 많은 에피소드를 엄홍길 대장님으로부터 들을 수 있었다.

산이 그곳에 있어서 오르기 시작했고, 거기서 자기 자신과의 싸움이 시작된다고 했다. 영화 〈히말라야〉에도 나오는 말이지만, 엄홍길 대장님은 자신의 인생철학을 다음과 같이 말했다.

"산은 정복하는 게 아니라 정상을 잠시 빌리는 것이다. 산도, 삶도 용기 있는 사람에게 더 많이 허락한다. 산이 나를 받아주었기 때문에 올라갈 수 있는 것이지 산이 나를 거부하면 내가 아무리 잘났어도 절대로 올라갈 수 없다. 산에서 가장 먼저 배워야 할 것은 자신을 낮추는 것이다."

우리는 산을 정복한다고 생각한다. 그리고 또한 인생을 정복해 나가야 한다고 생각한다. 하지만 산 앞에, 인생 앞에 우리는 아무것도 자신할 것이 없다. 그저 나를 낮추며 겸손하게 나아가야 한다는 것이다.

위대한 자연과 함께 사는 사람들, 하늘과 가장 맞닿은 사람들의 고민은 무엇일까? 우리가 봤을 때는 불편한 삶이었는데 이들은 항상 웃고 있었다. 그리고 여유가 있었다. 사람들의 삶은 함부로 판단할 수 없다는 것을 느꼈다. 그들의 삶이 우리의 삶보다 더 행복할 수 있으니까.

일주일이라는 시간에 걸쳐 우리는 5200미터 정도 되는 에베레스트 베이스캠프에 드디어 올랐다. 벅찼다. 그리고 아이들의 꿈이 궁금해졌다. 그래서 함께 산을 오른 아이들과 '꿈'에 대한 인터뷰를 진행했다. 한국 아이들의 대답은 과학자, 외교관, PC 방 사장님(게임하고 싶어서), 선생님, 이런 것들이었다. 그런데 네팔 아이들은 꿈에 대해 쉽게 얘기하지 못했다. 하지만 한참 생각하더니 "군인이 되어 사람들을 지켜주고 싶어요" "파일럿이 되어 부모님을 여행시켜 드리고 싶어요" 이런 구체적인 답변을 했다.

자신이 좋아서, 자신이 편해서, 자신의 욕심 때문에 하고 싶은 일이 아닌 다른 사람을 생각하면서 자신이 할 수 있는 일을 찾는 아이들이었다. 우리와 함께한 네팔 아이들은 학교에 다니지 않았다. 대신 일찍부터 생업 전선에 뛰어들어 일하고 있었다. 처음에는 몰랐는데 네팔 아이들이 한국 아이들을 편하지 않게 대한다는 것을 시간이 지나면서 느꼈다.

눈을 감고 히말라야 산을 떠올리면 아직도 먹먹한 기분이 든다. 자연이 주는 위대함 앞에서 나는 '천천히 사는 지혜'와 인생은 정복하는 것이 아니고 아무것도 자신할 수 없음에 '겸손하게 사는 지혜'를 배울 수 있었다. 그리고 그때 같이 갔던 네팔의 아이들을 떠올리며 기도한다. 그 아이들을 지켜 달라고. 그 아이들의 꿈과 소망을 이뤄 달라고.

08

———————

꿈 리스트를 업데이트하라

일본에서 90세 이상의 노인들을 대상으로 '인생에서 가장 후회하는 것이 무엇인가?'라는 설문조사를 했다. 거의 모든 노인들이 '무엇인가를 해보고 실패한 것보다 아무것도 시도하지 않았던 것을 후회하고 있다'고 대답했다고 한다. 이 질문에 대한 답은 아마 전 세계적으로 비슷할 것이다. 아무것도 시도하지 않으면 실패하지 않을 수 있다. 하지만 시도하지 않기 때문에 이루어 놓은 것도 없을 것이다. 무언가에 시도하기에 앞서 좋아하는 일, 하고 싶은 일을 찾는 것이 먼저임은 두말할 필요 없다.

난 어렸을 때부터 하고 싶은 것이 참 많은 아이었다. 욕심도 많았고 꿈도 많았다. 20대부터는 하고 싶은 것들이 생기면 종이에 적기 시작했다. 나의 꿈 리스트를 순서대로 적은 것이다. 그리고 시간이 어느 정도 지났을 때, 적어놓은 나의 꿈들이 어느 순간 이루어졌다는 사실을 깨달았다. 써놓고 잊고 살았는데도 말이다. 신기했다.

많은 사람들이 나처럼 버킷리스트를 가지고 산다. 10개가 될 수도 있고, 100개가 될 수도 있다. 어떤 사람에게는 버킷리스트가 언젠가 이루어야 할 막연한 미래다. 하지만 어떤 사람들에게는 이미 이루어서 지워도 되는 현재가 된다. 그리고 계속 그목록을 업데이트해 나간다.

어느 날, 인터넷 검색을 하다가 미국의 존 고다드란 남자를 주제로 한 기사를 읽었다. 열다섯 살의 존 고다드는 할머니와 숙모의 대화에서 "아이고, 젊었을 때 했더라면······"이라는 말을 듣고, 문득 깨닫고 결심한다. 자신은 앞으로 살아가면서 후회하지 않겠다고. 그리고 바로 살아가는 동안 꼭 하고 싶은 것, 인생의 꿈을 노트에 적기 시작했다. 조금만 노력하면 할 수 있는 것과 불가능해 보이는 것까지 개의치 않고 일단 기록했다. 꿈 목록은 금세 127개가 되었다. 존 고다드는 어릴 적 세운 꿈목록을 항상 상기하며 끈기 있게 이뤄 나갔다.

그는 의사라는 직업을 가지고 플루트와 바이올린을 연주했으며, 마르코 폴로의 여행 경로를 추적해 세계 여러 나라를 방문했다. 성경을 통독하고, 브리태니커 백과사전을 다 읽었다.

독수리 정찰대가 되었으며 바다를 잠수했고, 1990년에는 우주 비행사가 되어 달에 가면서 125번째 목표를 달성하였고, 결혼해서 아이를 낳아 126번째를 완성하고, 마지막 127번째 꿈인 '21세기 살기'를 이루었다는 내용이었다. 거의 평생을 꿈 바라기를 하며 자신이 하고 싶은 모든 것을 이루었다고 볼 수 있는 인생이었다.

꿈이 있고 없고는 인생에서 큰 차이를 만들어낸다. 꿈이 있는 사람은 인생이 지루할 틈이 없고 외로워할 틈도 없다. 눈빛이 살아 있다. 꿈을 가지고 있다는 것 하나만으로 굉장한 힘이 있는 것이다. 성취해야 할 무언가가 항상 있기 때문이다. 그리고 바라던 꿈을 성취하고 나서의 기쁨과 행복을 안다. 그래서 하나의 꿈이 성취되면 거기에 머무르지 않고 또 다른 꿈을 만들어 도전한다.

내가 꿈 리스트를 쓰기 시작한 건 20대 중반이었다. 여행을 좋아하는 나는 앞으로 여행할 나라를 차례대로 종이에 적었다. 동남아, 영국, 스페인 등이었다. 그 옆에 '외국에서 1년 동안 살아보기'라고 소심하게 썼다. 그리고 책을 쓰겠다는 목표를 썼으며, 뮤지컬 아카데미를 운영하겠다고도 적어 놓았다. 나는 그 꿈 리스트를 조그맣게 잘라서 코팅했다. 그리고 항상 지갑에 넣어가지고 다녔다. 지갑에 넣고만 다녔지 매일 매일 보면서 상상하지는 못했다.

꿈 리스트를 쓰고 10년 후 우연히 지갑에서 그 목록을 보게 되었다. 그리고 온몸에 전율이 일었다. 그 종이에 써놓은 목록들을 하나도 빠짐없이 이룬 것이다. 그동안 종이에 써놓은 나라를 다 여행했으며, 영국 등 유럽에서 1년을 살아봤다. 그리고 영어 뮤지컬 아카데미를 2년 동안 운영했다. 솔직히 그때는 다 이루어질 것이라 생각하지 않고 적은 것들이었다.

매 해 12월이 되면 1년 동안 무엇을 이뤘는지를 생각하게 된다. 1월에는 한 해 동안 무엇을 해야 할지 계획을 세우며 다짐한다. 하지만 올 1월은 개인적으로 기분이 다운되어 어떤 희망도 생기지 않았다. 그때 한 것이 나의 꿈 리스트를 업데이트 하는 것이었다. 그 자리에서 난 50개의 꿈 리스트를 작성하기 시작했다. 그때부터였다는 생각이 든다. 삶을 대하는 나의 태도가 달라지기 시작했다. 내 삶의 시간들이 너무나도 소중해지기 시작했다. 전에는 생명이 있어서 그냥저냥 산다는 느낌이었는데, 그 생명에 활기가 생겼다. 그리고 막연하게 적어 놓았던 꿈이 이루어져 그 리스트를 지울 때의 희열은 이루 말할 수 없이 컸다. 내 50개의 꿈 리스트 중 10개만 적어 보겠다.

1. 1년에 책 2권씩 평생 쓰기
2. 4월에 첫 책 초고 완성하고 출판사와 계약하기
3. 출판계약하고 남미 여행가기
4. 엄마와 해외여행 하기

5. 하루에 한 권씩 책 읽기

6. 스페인어 정복하기

7. 여행을 주제로 한 책 내기

8. 기타 배우기

9. 기타 연주하면서 노래하기, 뮤직 페스티발 참여하기

10. 내가 쓴 뮤지컬 공연하기

한 해를 마무리하는 시점에 체크해 보니 10가지의 꿈 리스트 중 50퍼센트를 이루었다는 것을 알 수 있었다. 꿈은 꾸면서 달려 나가는 과정이 더 행복하다. 꿈을 이루었을 때는 정말 행복하지만, 그 행복은 잠깐이다. 그다음 꿈이 없다면 금방 또 무기력해지고 만다. 그래서 계속 꿈 리스트를 업데이트하는 것이 중요하다. 작은 것이라도 꿈을 이뤄본 사람만 그 성취감을 안다. 그리고 그 성취감을 느껴본 사람은 다른 것에 도전할 때도 쉽게 그것을 이루어낸다. 성취하는 방법을 이미 알고, 그것을 느끼고, 항상 그리기 때문이다.

계속 무언가 끝까지 가보지 못하고 중도에서 포기하는 후배에게 말해준 적이 있다. 아주 작은 것이라도 성취하는 기쁨을 느껴보라고. 작은 것이라도 습관이 되면 그게 점점 모이고 크게 되어 성공할 수밖에 없는 인생을 살게 된다고. 꼭 성공하는 게 중요한 건 아니지만, 반대로 본다면 후회 없는 인생을 산다는 말이다. 후회는 항상 뒤늦게 찾아온다. 하지만 그렇게 후회

하기 시작하면 그때부터 내리막이 시작된다.

"꿈의 자리에 후회가 들어설 때 사람은 나이가 든다"고 존 배리모어(John Barrymore)는 말했다. 나이가 들지 않으려면 우리는 꿈 리스트를 업데이트해야 한다. 육체적인 나이는 어쩔 수 없지만 정신적인 나이는 우리가 선택해서 살 수 있다. 그렇게 후회 없는 삶을 살 수 있다. 꿈 리스트를 업데이트하는 사람은 적어도 80세가 되고, 90세가 되었을 때 '무엇인가를 해보고 실패한 것보다 아무것도 시도하지 않았던 것을 후회하고 있다'는 말은 하지 않게 될 것이다.

Chapter 4

'나다움'을 찾는 7가지 여행의 기술

01

언어를 뛰어넘는 소통의 기술

"넌 언어가 되니까 그렇게 여행을 다닐 수 있지!"
"어떻게 하면 영어를 잘할 수 있어?"
"외국인 친구들이 있었으면 좋겠어!"

친구들에게 여행을 권하면 대부분 이렇게 말한다. 1년 전에
도 영어를 공부하는 게 목표였는데 지금도 제자리라 한다. 여
행을 하고 싶은 마음은 굴뚝인데 가로막는 건 언어란다. 언어
를 할 수 있으면 여행은 좀 편리해지고 풍부해진다. 하지만 그
렇다고 여행이 재미있어지는 것은 아니다. 언어를 할 수 있어
도 마음을 닫고 도도하게 있으면 어떤 즐거운 에피소드도 생기
지 않는다. 반면에 언어를 잘하지 못해도 사람들에게 마음을

열고 소통하려 하면 여행이 더 즐거워진다.

20대 초반 첫 해외여행을 할 때 나 또한 언어 때문에 두려웠다. 주입식 교육의 폐해가 고스란히 드러났다. 그래서 여행에서 제일 필요하다고 생각하는 딱 한 문장의 영어만 반복해서 익혀서 갔다. 그 문장은 아직도 잊히지 않는다. "Can I pay with a credit card?(신용카드로 결제해도 되나요?)" 바로 이 문장이다. 그리고 난 한 달여간의 유럽 여행을 무사히 마칠 수 있었다.

유럽 여행 후 영어 공부를 열심히 하리라 다짐했다. 하지만 일상을 바쁘게 살다 보니 잊고 있었다. 그러다 2년이 지나 인도 여행을 두 달 동안 갔다. 친구와 함께 갔는데 그 친구가 영어를 잘해서 걱정이 없었다. 인도는 지역별로 다양한 언어가 존재한다. 대부분 힌디어를 쓰긴 하지만 영어가 잘 통하긴 한다. 인도 여행을 같이 간 친구는 유학 한 번 다녀오지 않았고 국내에서 공부했으면서도 원어민처럼 영어를 구사했다. 지금은 번역가로 활동 중이다. 처음 인도에 가서 일주일 동안은 낯선 문화에 적응하는 게 힘들었다. 적응하고 나니 인도라는 나라의 매력지수는 급상승했다. 그리고 돌아와서도 한동안 '인도 앓이'를 했다.

언어가 된다면 제대로 된 소통할 수 있지만, 언어를 뛰어넘으면 재미있는 소통을 할 수 있다. 언어를 잘하는 친구와는 달리 나는 나만의 필살기를 가져야 했다. 다행히도 난 사람들을 잘 경계하지 않는다. 그리고 어떤 사람이 말하면 반응을 잘 보인다. 그래서 사람들이 재미있게 생각한다. 난 길에서 만나는 사람들을 언어의 스승으로 삼겠다고 생각했다. 현지어로 "이건 이 나라 말로 어떻게 말해요?"만 말할 수 있다면 사람들을 만나 대화할 수 있다. 알고 싶은 것을 손으로 가리키면서 물어보면 대부분 호응이 좋다. 자기네 말을 배우려 하는 노력을 높이 사고 그렇게 친구로 발전할 수 있다. 서로의 마음과 생각까진 깊이 알 수 없어도 그 노력 하나만으로도 기분 좋은 사람이란 건 서로 통하게 되니 말이다.

그렇게 난 여행 중에 많은 사람들과 친구가 되었다. 그리고 그 태도 덕분에 자연스럽게 언어 실력 또한 상승하게 되었다. 중요한 건 상대방에게 열린 마음이다. 그리고 서로의 말을 경청하며 호응하는 것이다. 이때는 방청객의 입장이라 생각하고 호응해도 좋다. 어린아이의 순수한 마음으로 돌아가서 반응해주는 것이다.

페루의 와라즈라는 곳에서 파스토루리 빙하 트래킹을 할 때였다. 여행사나 숙소에서 투어를 신청할 수 있는데, 곳곳에서 신청한 사람들을 모아 버스를 타고 하루 코스로 트래킹을 다녀오는 프로그램이었다. 그때 우연히 내 옆에 앉아 트래킹을 같이 다녀온 친구가 있다. 영국에서 온 친구였는데 나에게 굉장히 친근하게 다가왔다. 그 친구는 스물한 살이었고, 남자 친구가 있다고 했다. 참고로 그 친구도 남자다. 여러 나라의 언어에 관심이 많은 청년이었다. 본인은 '나비'를 무척 좋아한다고 했다. 그래서 여행 중에 만나는 사람들에게 나비를 그 나라 언어로 써 달라고 한다고 했다. 그래서 그는 나비라는 단어를 40국의 언어로 말할 수 있다고 했다. 나에게도 써 달라고 해서 한국어로 나비를 써주고 그 옆에 영어 발음으로 NABI라고 한다고 적어주었다. 이렇게 난 또 한국어 홍보대사 역할을 한 것이다.

나보고 세상에서 어떤 단어를 제일 좋아하느냐고 물었다. 평소 생각해본 적이 없었다. 저렇게 어떤 사물을 좋아하고 있으면 좋을 것 같다. 나는 '열정'이라고 대답했다. 그 친구 덕분에 빙하 투어는 재미있는 추억이 되었다. 그 친구처럼 자신이 좋아하는 사물을 그 나라 언어로 무엇이라 말하는지 물으면서 자연스럽게 친구가 되는 것도 좋은 방법인 것 같다.

예전의 난 처음 만나는 사람에게 말을 잘 걸지 못하는, 낯가림이 심한 사람이었다. 그런데 여행을 하면서 성격이 많이 변했다. 마음을 열고 사람에게, 그리고 그 문화에 한 발짝 다가가려고 노력하면서 자연스럽게 변한 것이다. 그 노력으로 언어까지 잘할 수 있게 되었다. 언어를 뛰어넘는 소통의 기술로 언어까지 마스터하게 된 것이다.

많은 사람들이 언어, 즉 기능적인 부분을 잘하면 여행도 잘하고 소통도 잘할 수 있을 거라 생각한다. 하지만 기능적인 것만으로 사람의 마음을 살 수는 없다. 서로에게 친구라는 이름이 되려면 마음과 마음이 통해야만 한다. 평소 배려하는 마음과 적극적인 마음 자세로 그 마음을 살 수 있다. 오히려 언어보다 열린 마음, 그리고 행동할 수 있는 용기가 필요한 것이다.

신기하게도 열린 마음을 갖고 있는 사람은 사람들이 알아본다. 혼자 있어도 사람들이 다가온다. 그리고 결국 혼자 여행하지 않는다. 함께한다. 그렇게 추억을 쌓는다. 여행지에서는 몇 살인지가 중요하지 않다. 특히 나이가 들면서 나이로 친구를 맺는 것이 아니라 대화를 하면서 공감대가 맞으면 친구가 된다고 생각한다. 언어를 할 줄 안다고 해서 서로의 관계가 발전하는 것이 아니란 말이다. 긍정적인 마음을 가지고 사람을 대할 때 누구하고도 친구가 될 수 있다. 그런 긍정적인 사람은 사람들이 알아보게 마련이다.

그래서 혼자만의 여행이 중요한 것이다. 누군가와 같이 여행하면 나에 집중하기보다 옆에 있는 사람에 집중하게 된다. 그리고 새로운 사람을 만날 확률이 적어진다. 오히려 언어를 잘하지 못해도 열린 마음을 가지고 있으면 사람들을 만나면서 대화하고, 그 안에서 언어 실력이 향상된다. 그리고 세상에 배려심이 깊은 사람들이 얼마나 많은지를 알고 놀라게 된다. 그건 언어를 뛰어넘는 소통의 기술을 발견했을 때 느낄 수 있다.

여행 친구가 있었다. 여행을 가면 서로 재미있어서 웃느라 바빴다. 그런데 그 친구의 난항은 언어였다. 언어를 공부해도 실력이 절대 늘지 않았다. 하지만 어느 순간 그녀는 용기를 냈

164

고 동남아를 혼자 여행하고 왔다. 그곳에서 혼자 하는 여행의 묘미를 발견했다. 언어가 통하지 않아도 여행할 수 있다는 것을 알게 된 것이다. 그 맛을 알아버린 친구는 계속해서 혼자 여행을 했고 그곳에서 만난 친구가 한국에 여행을 오기까지 했다. 그렇게 보면 정말 언어는 여행을 하는 데에서 십분의 일 정도 차지하는 듯하다.

우리는 언어가 아닌 그 사람의 몸짓과 행동에서 그 사람의 성격을 본다. 말이 물론 그 사람의 생각을 담고 있는 도구긴 하지만, 전체적인 행동을 봐야 그 사람을 더 잘 알 수 있다. 꼭 언어가 아니어도 우리 행동이 언어가 될 수 있다는 것이다. 그러니 말이라는 것에 갇혀서 더 넓은 세상을 볼 수 있는 기회 그리고 더 많은 사람을 만날 수 있는 기회를 박탈하지 말았으면 한다.

사람들을, 그리고 세상을 편견 없이 대하는 마음, 바로 열린 마음이다. 그 열린 마음을 가지고 내가 보일 수 있는 최대한의 예쁜 미소를 지어보자. 그리고 다른 사람들의 말에 격렬하게 반응해주자. 이게 바로 언어를 뛰어넘는 소통의 기술이다. 그리고 그 소통의 기술은 세상에 얼마나 배려 있고 좋은 사람들이 많은지 알게 해주는 계기가 될 것이다. 그리고 나를 가장 나다운 모습으로 만들어줄 것이다.

02

건강은 내가 지켜야 할
최고의 자산이다

나는 바다보다 호수가 좋고, 호수보다 산을 좋아한다. 고등학교 때부터 산을 좋아하는 친구들과 등산을 다녔다. 자주 가진 못해도 시간이 날 때마다 등산하려고 노력하고 있다. 등산을 하고 나면 정신이 맑아진다. 올라가는 과정은 힘들어도 산을 내려오는 순간 굉장히 건강해졌다는 느낌을 받는다. 일상속에서도 가까운 남산에 오르며 정신적인 건강과 육체적인 건강을 유지하려고 노력하고 있다.

산에 꽤 잘 오른다고 자부했고, 체력이 좋다고 생각했다, 그런데 남미 여행을 하면서 몸이 예전 같지 않음을 느꼈다. 브라질, 아르헨티나, 칠레, 파라과이 등의 나라들은 괜찮다. 하지만 페루와 볼리비아는 해발 3000미터가 넘는 고산지대이다 보니 체력 관리에 특별히 신경 써야 했다. 그 나라로 여행을 가기 전부터 고산증세에 관한 심각한 얘기들은 많이 들었다. 건강한 사람들도 어떻게 될지 모른다는 얘기도 들었지만, 나와는 상관없는 일이라 생각했었다.

페루에서는 트레킹할 일이 많다. 높은 고도에 있는 만큼 자연이 아름다운 곳이 많기 때문이다. 페루에 있는 거의 모든 산을 투어해야겠다고 생각했다. 페루 쿠스코에서 세 시간 거리에 있는 비니쿤카 투어를 갔었다. 무지개산이라 불리는 비니쿤카는 왕복 네 시간이면 다녀올 수 있는 거리다. 그런데 해발 5000미터가 넘는 곳이다 보니 정상까지 올라가지 못하고 중간에 아픔을 호소하며 그냥 내려오는 사람도 많이 봤다. 건강상의 이유로 말이다. 비니쿤카까지만 해도 난 괜찮았다.

페루 와라즈에 가서 '파스토루리 빙하'와 '69호수' 트레킹을 시도했다. 파스토루리 빙하도 높은 고도 때문에 힘들긴 했지만 왕복 세 시간 정도면 다녀올 수 있는 거리였다. 그런데 69호수 트레킹은 두 배에 달하는 시간이 걸렸다. 히말라야도 올랐던 경험이 있으니 거뜬히 오를 수 있을 줄 알았는데 너무 힘들었다. 한 발짝 한 발짝 내딛는 게 힘들었고, 포기하고 싶다는 생각까지 했다. 체력이 예전과 같지 않다는 것을 그때 느꼈다. 나를 추월해서 거뜬히 올라가는 여행자들을 보면서 말이다.

여행 전에 힘든 일이 있어서 거의 나 자신을 놓고 살았었다. 건강관리에 힘쓰지 못했는데 그 결과가 나타나고 있었다. 가볍게 산을 오르는 여행자들을 보면서 각성했다. 그리고 평소 건강을 유지하기 위해 노력해야겠다고 다짐했다.

《집보다 여행》의 왕영호 저자의 말에 공감했다.

"여행은 건강검진과 비슷한 효과를 갖는다. 병원과는 다른 방식으로 자신의 몸과 마음을 테스트해보는 것이다. 그 과정에서 일상에서는 발견하지 못할 병과 문제를 찾는다. 여행 중 아프면 소중한 여행 시간을 망쳤다고 아쉬워하는 사람들이 많은데 사실은 그 반대다. 여행을 통해 건강의 문제를 발견하고 병을 고칠 수 있는 기회를 얻은 것이다. 그것은 자신의 미래에 중대한 영향을 미칠 수 있는 신호이고 그 신호를 무시해서는 안 된다."

어쩌면 나도 여행을 통해 건강검진을 받는 것 같다. 여행을 하다 보면 나의 몸과 마음의 상태가 어떤지 고스란히 드러난다. 일상에서 인지하지 못한 부분들이다. 그건 정신적인 문제가 될 수도 있고, 체력적인 문제가 될 수도 있다. 그렇게 드러난 부분을 치유하는 작업을 해야 한다. 그건 여행하면서 치유될 수도 있고, 일상으로 돌아와서 천천히 치유해 나갈 수도 있다. 알 기회를 얻었다는 것이 중요한 것이다.

20대 때는 젊음과 건강이 계속 유지될 줄만 알았다. 그래서 내 몸 관리를 제대로 하지 않았다. 열심히, 바쁘게 살았지만,

규칙적으로 살지 않았다. 식습관도 문제였다. 30대를 맞이하는 시점에서 인생 최대의 몸무게를 갱신해 나가고 있었다. 이대로 있으면 안 될 것 같았다. 그때 마침 공연 쪽 일을 하면서 활동량이 많아져 자연스럽게 체중이 감소했다. 그런데 이상하게 다리가 저리기 시작했다. 병원에서는 혈액순환이 잘 되지 않아 그런 것이라고 했다. 그렇게 다리가 괜찮았다가 저렸다가가 반복됐는데 덜컥 겁이 났다. 몸과 마음은 연결되어 있어서 몸이 아프면 정신까지 위협받는다. 반대로 정신적인 스트레스 탓에 몸이 아플 수도 있다.

몸이 고장 나고 있다는 신호가 왔을 때, 할머니께서 항상 해 주시던 말씀이 생각났다.

"제대로 잘 먹고 다녀야 해. 운동도 열심히 하고! 그렇지 않으면 나이가 들어서 다 나타나!"

건강을 유지하는 데는 평소 습관이 중요하다. "돈을 잃으면 적게 잃는 것이고, 친구를 잃으면 많이 잃는 것이고, 건강을 잃으면 전부를 잃는 것이다"라는 말이 있듯이 건강에 대한 건 아무리 강조해도 지나침이 없을 것이다.

한의원에 다니면서 다리 저림 현상을 좀 고쳐나갔다. 그 후에 난 영국에 갔는데, 몇 개월이 지나고 프랑스 여행을 할 때 다시 다리가 저리기 시작했다. 두려움이 엄습했다. 산티아고 순례길을 걸으려고 준비하고 있을 때였다. 가야 하나 가지 말아야 하나 고민이 생기기 시작했다. 더 안 좋아지면 어쩌나 하는 생각 때문이었다. 하지만 마음이 시키는 대로 순례길에 올랐다.

순례길은 걷기 여행이다. 아침에 눈을 뜨고 걷고 밥을 먹고 걷다가 숙소에 도착해서 쉰다. 그리고 그 다음 날 또 걷는다. 그러한 일상을 34일을 반복했다. 반복하다 보면 습관이 된다. 내 몸이 알아서 자동적으로 반응한다. 그렇게 단순하게 34일을 매일같이 걷고 나니 다리 저림이 씻은 듯이 나았다. 정말 신기했다. 많은 사람들이 그 길을 걸으면서 신기한 일을 많이 경험한다. 암이 치유되는 기적을 경험한 사람도 있었다. 어쨌든 그 길은 치유의 길임은 분명하다. 크든 작든 내 경험상 말이다. 그 이후 난 걷기 여행 예찬론자가 되었다.

꼭 작정하고 걷는 여행이 아니어도, 여행을 하려면 체력이 뒷받침되어야 한다. 그런데 여행을 하면서 건강이 좋아지는 경우도 있다. 여행을 하면 많이 걷게 되기 때문이다. 예전에는 걷기는 운동이라고 치지 않았고, 어떤 장소에 가서 운동해야 제대로 된 운동이라고 생각했었다. 하지만 꾸준히 걷는 것만큼 좋은 운동은 없다. 걷다 보면 정신도 맑아지고, 육체적인 건강까지 좋아진다. 걷기 운동은 쉽게 시도할 수 있고 장비가 필요 없으며 장소를 따질 필요 없이 할 수 있다는 장점이 있다.

여행 중에서는 많이 걷지만, 일상에서는 많이 걷지 않는 건 사실이다. 특히 차를 가지고 있는 사람은 더더욱 그렇다. 의식적으로 많이 걷는 시간을 만들어야 한다.

빈센트 반 고흐는 "위대한 일이란 그저 충동적으로 이루어지는 것이 아니라 연속되는 작은 일들이 하나로 연결되어서 이루어진다"라고 했다.

건강을 지키는 일도 마찬가지다. 특정한 날을 잡고 이벤트처럼 하는 것이 아니라, 생활 속에서 운동이 습관화될 때 건강을 유지할 수 있다. 나 또한 예전에는 어떤 특정한 장소에 가서 돈을 지불하고 운동하는 것을 선호했다. 하지만 요즘에는 홈 트레이닝으로 운동을 습관화하고 있다. 돈도 절약하고 건강도 유지하며 두 마리 토끼를 잡고 있는 중이다. 작은 일이라도 꾸준함이 중요하다. 그게 연결돼야 건강한 나의 삶을 유지할 수 있다.

건강은 삶의 전부다. 건강을 잃으면 아무것도 못한다. 그리고 가지고 있을 때는 중요성을 모르지만 한 번 잃어본 사람들은 그게 얼마나 중요한지 안다. 그리고 지키기 위해 최선을 다한다. 잊지 말자. 건강은 그 어떤 자산보다 내가 지켜야 할 최고의 자산이라는 것을……

03
―――――――――

콘셉트가 있는 여행을 하라

여행을 계획했다면 그 장소를 마음에 품은 이유가 있을 것이다. 그 계기는 텔레비전을 보다가 우연히 생긴 것일 수도 있고, 오래 전부터 꼭 가야겠다고 생각했을 수도 있다. 어떤 계기든 상관이 없다. 일단은 떠난다는 명분이 생겼으니, 설레는 마음으로 여행 일자를 잡는다. 그리고 구체적인 실천에 들어간다. 비행기 티켓을 결제하는 순간 '이제 드디어 떠나는구나'를 실감한다. 그때부터 여행은 시작된다. 오감을 열고, 어쩌면 삶을 바꾸어줄 여행을 기대하면서 꼼꼼하게 계획을 세운다. 우선 가려는 장소에 대한 정보가 필요하다. 그 정보에 나만의 성격을 부여해 보자. 콘셉트를 주자는 말이다. 나의 꿈과 관심사를 최우선으로 고려한 '나만의 여행'은 새로운 각도에서 세상을 보게 할 뿐 아니라 의미 있고 유익한 여행까지 즐기게 한다.

나 또한 처음 여행할 때는 여느 사람들처럼 가이드북에 의지하며 시키는 루트대로 여행을 다녔다. 그게 제일 안전한 루트일 테니까. 여행도 하면 할수록 나만의 노하우가 생긴다. 그 노하우에 콘셉트를 부여한다면 최고의 여행으로 만들 수 있다. 여행한 장소를 떠올렸을 때 두고두고 생각나는 그런 여행 말이다. 중요한 것은 내가 좋아하는 취미나 관심사에 중점을 두고 여행하면 여행의 목적의식도 남다르게 다가온다는 것이다. 그리고 여행 장소에서만 할 수 있는 특별한 것들이 있다. 그 두 가지를 접목해 본다.

나는 공연을 좋아한다. 그래서 대도시를 가면 그 나라의 색을 담은 공연을 찾아본다. 그곳에서 유명하다는 공연은 웬만하면 놓치지 않는 편이다. 그러면서 자연스럽게 공부를 한다. 공연 속에 나타난 문화까지도 읽을 수 있는 부분이니까. 실제로 영국에서 6개월 정도 거주하면서 나만의 콘셉트를 정했다. '웨스트엔드 뮤지컬 섭렵하기'였다. 그리고 뉴욕에서는 한 달 살기를 하면서 브로드웨이 뮤지컬들을 보았다. 세계적으로 유명한 뮤지컬 고장을 고른다면 미국 뉴욕의 '브로드웨이'와 영국 런던의 '웨스트엔드'를 꼽을 것이다. 뉴욕 브로드웨이 뮤지컬은 현대 트렌드에 발맞춘 작품들이 많은 반면 영국 웨스트엔드 뮤지컬은 클래식한 분위기의 작품들이 많다. 이건 내가 생각하는 대체적인 분위기일 뿐이고 좋은 작품들은 장소를 불문하고 공연되고 있다. 이렇게 나는 내 여행에 전문성을 부여했다. 그렇게 콘셉트를 정하고 공연을 보고 난 후, 나만의 뮤지컬을 쓰고 싶어졌다. 그래서 실제로 썼다. 콘셉트 있는 여행은 나만의 콘텐츠를 갖게 해준다.

예를 들어 음악을 좋아하는 사람이라면 현지 음반점을 다니면서 음악을 두루 섭렵할 수도 있다. 또는 전통 악기를 배울 수도 있다. 찾아보면 의외로 이런 일일강좌가 많이 있다. 인도에 갔을 때는 '바라나시'에서 인도 전통 악기라고 하는 시타르(sitar, 북인도에서 발달한 발현악기)와 젬베 강좌가 있었다. 시타르는 평소 연주하지 못하므로 나는 두 시간 동안 젬베 강좌를 들었다. 그리고 젬베를 사왔다. 귀국하고 나서도 배워 연주할 요량이었지만 집에 잘 모셔져 있다. 어쨌든 그 나라를 추억할 수 있는 최고의 기념품이다.

그 외에도 요리를 좋아하는 사람이라면 '요리'를 콘셉트로 삼아 여행을 다닐 수도 있을 것이다. 그 지역 고유의 요리를 맛보면서 기록하고, 또한 전통 음식 요리 강좌가 있다면 참여하는 것도 좋을 것이다. 그 나라에서만 할 수 있는 특별한 경험일 테니 말이다. 그리고 그 지역의 특선 음식을 담은 요리책을 구해 모아 놓는다면 그것 또한 특별한 기념품이 될 것이다. 현지의 전통 춤을, 마시는 차를, 요가를 배울 수도 있고 또는 현지 언어를 배울 수도 있다.

일상에서 내가 몰두하는 것이 무엇인지 찾아보자. 그리고 나를 즐겁게 하는 것이 무엇인지 생각해보자. 그것이 바로 나의 관심사다. 나의 관심사를 알았다면 그것을 바로 여행에 적용해 보자. 그것만으로도 나의 여행 콘셉트는 완성된 셈이다. 그러면 분명 여행의 목적의식이 분명해지고 나에 대해 좀 더 자신감이 생길 것이다. 목적이 있는 사람의 눈에서는 빛이 난다. 마음이 열리면 어떤 세상이 펼쳐져도 새롭게 인식한다. 마음을 열면 지루할 틈이 없다. 생기가 돈다. 여행이고 삶이고.

여행하는 목적에 대한 콘셉트를 잡을 수도 있지만, 여행하는 방법에 대한 콘셉트를 잡을 수도 있다. 방법이라 하면 '어떻게'가 된다. 예를 든다면 그냥 휴식만을 위한 여행을 할 수도 있다. 휴식을 위한 여행에는 해변이 제격이다. 또한 요즘 유행하는 걷기 여행이 될 수도 있다. 걷기 여행은 일상을 세밀하게 관찰하는 방법으로는 더없이 좋다. 대중교통을 타고 가면 그냥 스쳐지나가는 모든 것들이 의미 있게 다가온다. 그리고 현지 사람들과 소통할 수 있는 기회가 늘어난다. 걷기 여행은 도심 걷기부터 산이나 들판으로 이어지는 길을 따라 걷기도 한다. 이때 무리하지 말고 자신의 일정이 허락하는 대로 정해서 걸어도 된다. 그밖에 자전거 여행도 추천한다. 바람을 따라 달리는 기분은 상상할 수 없는 자유와 기쁨을 가져다준다.

여행을 하다 보면 자전거를 타기 좋은 풍경과 길이 있다. 그

때는 망설이지 말고 다른 교통수단보다 자전거를 타기를 적극 추천한다. 내가 여행한 곳 중에 자전거를 타고 달려서 좋았던 곳을 세 군데 꼽는다면 프랑스 남부 마을 '아를'과 이탈리아에서 피사의 사탑을 보러 가는 길에 있던 작은 도시 '루카' 그리고 쿠바 '트리니다드'다. 아를에서는 고흐의 그림에 등장하는 장소를 다닐 수 있어서 좋았다. 루카에서는 오래된 성벽을 따라 우거진 나무 숲 길을 달리는 그 기분이 좋았다. 그리고 트리니다드는 해변에서 멈춰가며 바다를 보는 것이 좋았다. 그리고 자전거를 타고 오면서 본 석양은 생애 최고의 석양이었다. 자전거의 좋은 점은 걸어 다니는 것보다 기동력이 좋고 버스나 기차, 택시에 돈을 쓸 필요가 전혀 없을뿐더러 시간에 얽매이지 않는 것이다. 내가 멈추고 싶을 때 멈춰서 그 장소를 한없이 느낄 수 있어서 좋다. 무엇보다 조금 힘들긴 하지만 운동도 되고 세밀한 것도 놓치지 않게 된다.

인도 고아에서는 자전거보다 한 단계 업그레이드된 스쿠터 여행을 했다. 당시 나는 스쿠터를 타본 적이 없었다. 하지만 모험을 했다. 처음에 탔을 때는 넘어지기도 했다. 하지만 30분 만에 스쿠터 타는 법을 배우고 인도의 대표적 신혼여행지라 불리는 고아의 해변을 따라 스쿠터를 타고 친구와 여행을 했다. 그리고 베트남 '푸꿕'이라는 섬에 가서도 스쿠터를 탔다. 한 번 용기를 내니 그 다음부터는 어렵지 않았다. 그리고 색다른 경험을 할 수 있었다. 스쿠터를 탈 수 있으면 스쿠터 여행도 추천한다. 자전거는 솔직히 두 시간이 지나면 굉장히 힘들다는 느낌이 들기 때문이다. 바람을 가르며 자유를 느끼는 건 여행의 또 다른 묘미다.

콘셉트를 정해서 나아가는 여행은 즐겁다. 또 다른 재미를 선사해 준다. 사람들이 추천해 주는 것도 좋지만 내가 좋아하는 것에 초점을 맞춰서 이것만은 꼭 해봐야겠다는 생각이 들면 주저 없이 자신만의 콘셉트를 세우고 여행을 했으면 한다. 좀 더 색다른 여행의 맛을 느낄 수 있을 것이다.

04
———————

여행지에서 배우는 협상의 기술

흔히 협상이라고 하면 비즈니스 하는 사람들에게 필요한 것이라고 생각한다. 하지만 꼭 비즈니스를 하는 사람들에게만 국한되는 것이 아니다. 협상은 서로 만족할 만하게 합의에 이르는 과정이라고 말할 수 있기 때문이다. 그리고 거기엔 '의사소통을 통하여'라는 단서가 붙는다. 결국 협상을 잘한다는 것은 의사소통을 잘한다는 뜻이 될 수도 있다. 의사소통은 누구에게나 필요하다. 이렇게 목적이 있는 의사소통에서 최고의 결과를 내려면 '협상의 기술'을 익혀 두는 것이 좋다. 그 기술은 한 번에 향상되지는 않겠지만, 여행을 통해 업그레이드할 수는 있다.

여행을 하다 보면 크고 작은 것을 사면서 흥정이라는 것을 하게 된다. 하지만 한국에서와 같이 물건을 사는 단순한 과정이 아니다. 여행지라는 낯선 환경 때문에 물건을 파는 사람을 의심 어린 시선으로 바라본다. 그리고 평소 굴리지 않던 머리를 굴리기 시작한다.

'이게 과연 합리적인 가격일까?'

'외국인이라고 날 속이는 게 아닐까?'

이런 생각을 하다 보면 심리전이 될 수밖에 없다. 그러면서 자연스럽게 협상의 기술을 익히게 된다. 그리고 직접 물건을 사면서 물가를 체감할 수 있다. 직접 물가를 체감하는 것은 세계 경제의 흐름을 이해하는 데도 도움이 된다.

빅맥 지수라는 것이 있다. 맥도날드의 햄버거 가격을 통해 나라별로 물가 수준이 어떤지, 통화 가치가 어떤지 알 수 있다는 것이다. 실제로 그렇다. 어느 나라를 여행할 때 그 나라의 물가가 감이 잡히지 않을 때는 맥도날드에 가서 햄버거 가격을 보면 바로 체감할 수 있다. 그 기준을 바탕으로 물건을 사면서 가격 협상을 할 수 있을 것이다.

코너 우드먼은 저서 《나는 세계일주로 경제를 배웠다》에서 이렇게 말했다.

"비즈니스를 할 때 절대 상대방을 얕보면 안 됩니다. 그게 어디든, 무엇을 팔든 말이죠. 저는 세계 어디에서나 돈을 벌 수 있는 진리를 발견했어요. 내가 하고 있는 일을 잘 알아야 하며, 자신감이 있어야 하며, 절대 가치보다 낮은 가격에 타협하지 말아야 합니다. 어디를 가나 통하는 진실입니다. 중앙아시아에서 말을 살 때나, 일본에서 생선을 살 때나 똑같습니다. 비즈니스를 하는 사람 중에 바보는 없다는 것을 꼭 알아야 합니다."

나는 협상이 경제, 경영 쪽 분야에만 필요하다고 생각했고 살아가면서 협상할 일이 없을 줄 알았다. 하지만 앞에서 말했듯이 협상은 작든 크든 살아가는 어디에서나 필요한 일이다. 공무원, 회사원에게도 협상은 필요하다. 의사소통을 통해 서로 최고의 결론을 도출해 내야 한다.

어쩌면 협상은 자신의 가치를 발견하고 내보이는 일이 될 수도 있다. 프리랜서 방송작가였던 나는 새로운 프로그램을 맡을 때마다 협상을 해야 했다. 바로 나의 가치, 몸값에 대해 말이다. 매번 하는 협상이었지만 나에게는 익숙하지 않았다. 내가 당당하게 제시해도 되는데 대부분 상대방이 제시해 주는 가치에 많이 따랐던 것 같다. 협상은 내가 나를 그만한 사람이라고 인정해 주는 것에서 출발한다. 당당함과 자신감이 필수다. 일을 하기 전에는 나의 가치를 매기는 협상을 하지만 일에 들어가면 출연자들과의 협상이 시작된다. 삶에서 이렇게 협상은 계속되는 것이다. 모양만 다를 뿐이다.

협상의 대가를 꼽는다면 바로 미국의 도널드 트럼프 대통령을 빼놓을 수 없을 것이다. 트럼프는 부동산 전문가다. 그는 걸음마를 떼었을 때부터 아버지 손을 잡고 건설현장을 다녔다. 아버지의 바로 곁에서 아버지가 일하는 모습을 보고, 아버지가 건설현장의 인부들을 어떻게 관리하는지 지켜봤다. 학교를 다닐 때도 방학이 되면 아버지를 따라다니며 부동산 사업에 관해 배웠다. 십대 시절부터 부동산 물건 분석하는 법, 거래하는 법, 거래 상대방 대하는 법 등을 배우기 시작했다.

그렇게 어렸을 때부터 아버지를 따라 다니면서 배운 것은 "아버지는 건설작업의 관리만큼이나 다른 이들과의 협상을 중요하게 생각하셨다"는 것이었다. 그리고 또 한 가지는 '수익은 사업자의 비용관리 능력'에 달려 있다는 것이었다. 아버지는 어떤 작업에 어느 정도의 비용이 들어가는지 다 알고 계셨는데, 그랬기 때문에 하청 건설업자들에게 바가지를 쓰는 일은 없었다고 한다.

트럼프는《빅씽킹》이라는 책에서 이렇게 말하고 있다.

"당신은 당신이 하고 있는 일에 대해 잘 알고 있어야 하고, 또 남들 앞에 그렇게 보여야 한다. 그리고 협상을 잘하려면 스스로 원하는 위치로 보이도록 당당하게 입고 행동한다. 사람들이 나를 존중해 주면 협상을 하고 사업을 추진함에 있어 처음부터 내가 주도권을 잡을 수 있다. 다른 사람으로부터 존중받고 싶다면 자신을 위대한 사람이라고 생각하라. 그리고 위대한 사람처럼 행동하라. 이것이 비즈니스의 가장 기본이다."

무엇보다 삶에서 중요한 것은 자신이 자신을 인정해 주는 것이라고 할 수 있다. 자신이 가장 위대한 사람이라고 생각하고 행동할 때, 결국 그렇게 될 수 있다는 삶의 원리다. 내가 하고 있는 일을 잘 알고 당당하게 행동할 때 협상을 잘할 수 있다. 협상은 모든 삶의 원칙 중에 기본이 되는 것이다. 자신의 삶을 성공으로 이끌어 가는 사람들을 보면 무엇보다 협상 능력이 뒷받침되어 있는 것을 볼 수 있다.

어쩌면 협상이란 것도 인간의 심리에 초점이 맞춰져 있지 않을까. 협상에서 중요한 것은 상대방의 마음이라는 말이다. 살면서 가격 흥정이 필요할 때나, 어딘가에 가서 원하는 서비스를 얻고 싶을 때도 우리는 협상의 기술을 발휘해야 할 것이다. 예를 들어 식당이나 미용실 같은 데서도 말이다. 일을 할 때나 물건 계약을 할 때도 그렇고, 집 주인과의 문제에서도 또는 반대로 세입자와의 관계에서도 협상의 기술이 필요할 수 있다.

상대방을 이겨서 내가 원하는 결과를 내는 것이 협상 성공이 아니다. 양쪽 다 긍정적인 방향으로 결론을 도출할 수 있어야 성공이다. 그래서 협상에는 공감 능력과 함께 의사소통이 필수다. 그리고 감정적으로 행동하면 안 된다. 협상이란 감정에 휘둘리지 않는 법이기도 하다.

삶에서 나를 성공으로 이끄는 것이 바로 협상의 기술이라고 해도 과언이 아니다. 하지만 협상은 상대를 이기는 것이 아니라 공감하고, 이해하면서 그 안에서 기분 좋게 설득하는 일임을 잊지 않았으면 한다. 그 능력은 어떤 것과도 바꿀 수 없는 소중한 자산이 된다. 사람 간에 숨은 있는 문화의 규칙을 발견하는 것도 하나의 방법이다. 진정성 있는 협상으로 원하는 삶을 살기를…….

불편한 관계를 당연시하지 마라

인생은 사람 간의 관계로 이루어진다고 해도 과언이 아니다. 어렸을 때는 가족과의 관계 속에서 성장한다. 학교에 들어가면서 친구와의 관계가 생기고, 선생님과의 관계, 그리고 성인이 되어서는 직장 동료와의 관계 속에서 살아간다. 사람과의 관계는 일방통행이 있을 수 없다. 쌍방으로 이루어져야 한다. 그런데 사람의 관계가 항상 좋을 수는 없다. 좋았다가도 나빠질 수 있고 나빴다가도 좋아질 수 있는 것이 사람의 관계다. 그런 관계 속에서 어떻게 대처하는 것이 현명한 것일까?

네 남매 중에 셋째인 나는 어렸을 때부터 나의 주장을 관철시키기보다 배려하며 성장했다. 그리고 그렇게 배려하는 성향은 점점 고착화돼 갔다. 그래서인지 나는 누구와 함께 있으면 나의 기분에 충실하기보다 옆에 있는 사람의 기분을 살피고 맞춰주려 노력하는 편이었다. 내가 제일 싫어하는 게 싸움이다. 속에 있는 말을 다 하다가 한 번 크게 싸우고 나서 아무렇지도 않게 더 깊어지는 관계가 있다지만 난 아니다. 싸우고 나면 관계는 끝인 거다. 싸울 지경까지 왔다는 건 참고 참다가 더 이상 못 참겠다는 생각이 들었다는 것이다.

다행히도 배려하는 성향이다 보니 나와 함께 다니는 사람들은 편안함을 느낀다. 특히 여행에서는 최고의 파트너라 생각한다. 그래서 운이 좋게 친구와 함께 가는 장기 해외여행에서도 항상 좋은 추억을 많이 만들고 왔다. 나는 일단 상대방을 먼저 배려하는 게 마음이 편하다. 자기 생각대로 해야 직성이 풀리는 사람이 있을 것이다. 이건 각자 성향의 문제이기 때문에 본인의 성향을 먼저 알아야 한다고 생각한다. 본인이 배려하는 성향이라도 누군가 강하게 주장한다고 해서 그대로 따라 하다가 괜히 마음만 불편해지는 일이 발생할 수 있다. 생각도, 말도, 행동도 내 몸에 맞춰 입어야 한다. 다른 사람의 것이 아니라.

그럼에도 불구하고 좋았던 관계에 갑자기 적신호가 올 때가 있다. 불편한 감정이 생기는 것이다. 그럴 때는 분명 이유가 있으니 그 감정을 당연시하지 말아야 한다. 아무리 친한 관계라도 24시간 내내 붙어 있는 상황이 되면 자신도 모르게 짜증을 부릴 때가 있다. 그러면 상대방에게 말을 함부로 하게 될 수도 있다. 그런 것들이 하나둘 차곡차곡 쌓이다 보면 어느 순간 참을 수 없는 상태가 온다. 그러니 뭔가 불편한 감정이 생기기 시작하면 그때그때 말하고 풀어야 한다. 말할 수 있는 기회를 놓쳐버리면 혼자 상상 속에서 더 큰 고민을 키워가게 되고 불편함이 눈덩이처럼 더 커지기 때문이다.

여행을 함께하면 재미있고 기분 좋은 친구가 있었다. 그래서 그 친구와 동남아에 있는 태국과 캄보디아, 베트남까지 각각 다른 시기에 여행을 갔었다. 취향도 비슷해서 최고의 여행 동반자였다. 유머도 곧잘 하는 친구였다. 나는 음식을 맛있게 먹고 있는 것 같지 않다는 말을 듣곤 했다. 꼭 맛있게 먹어야 하는 의무가 있는 건 아니지만. 그 친구는 나에게 항상 그걸로 유머를 던지곤 했다. "맛은 느끼면서 먹고 있는 거지?" 처음에는 나도 피식했는데 그런 종류의 말이 계속되면서 어느 순간 불편해지기 시작했다.

이렇게 불편함을 느껴졌을 때는 그냥 넘어가지 말고 지혜롭게 말할 줄 알아야 한다. 내가 어느 코드에서 불편함을 느꼈는지 진정성 있게 말하면 다음부터 상대방은 조심한다. 한 번, 두 번 그냥 참고 넘어가면 그런 종류의 유머가 계속되고 관계가 안 좋아질 수 있기 때문이다. 불편한 감정을 끌어안고 있으면 내 것이지만 그것을 말하는 순간 상대방에게 투스가 된다. 그리고 본인은 홀가분함을 느끼게 된다. 서로 맞춰가며 관계가 더 단단하게 성장할 수 있는 것이다.

인생은 예측할 수 없는 일들의 연속이다. 일상 중에는 이런 일을 처리할 수 있는 여유가 있지만 여행지에서는 당황하기 마련이다. 그럴 때 예상치 못한 모습이 나올 수도 있다. 그리고 여행이든 일상이든 예상치 못한 사건 탓에 좋았던 관계가 불편해지기도 한다.

친한 친구 둘과 함께 여자 셋이 홍콩과 마카오 여행을 계획했다. 홍콩과 마카오는 친구들과 함께 가는 게 재미있을 것 같았다. 한 친구는 당시 중국 심천에서 일을 하고 있는 상황이어서 홍콩에서 만나기로 했다. 그렇게 우리는 맛있는 음식들을 먹고, 세계에서 제일 길다는 에스컬레이터도 타보고, 홍콩의 야경도 흠뻑 감상하고, 해변에 가서도 재미있게 놀았다. 그리고 그 친구는 우리보다 더 먼저 중국을 들러 한국에 들어오는 일정이었다. 나와 다른 친구는 마카오 여행을 더 하고 한국에 들어오기로 했다.

한국에 먼저 들어가기로 한 친구는 새벽에 공항으로 떠났다. 그런데 다급하게 전화가 왔다. 자신이 카드로 결제한 티켓이 발권이 안 되었다고 한다. 그리고 다시 하려고 하니 카드가 먹지 않는다는 것이다. 비행기 시간은 한 시간 정도 남아 있었다. 그러면서 나에게 카드를 빌려 달라고 했다. 급한 대로 티켓 발권을 하고 한국에 도착해서 돈을 부쳐 주겠다는 것이다. 워낙 다급한 상황이라 나는 내 카드 번호를 불러주었다. 그리고 잠시 뒤 43만 원이 결제되었다는 문자 메시지를 받았다. 그런데 잠시 뒤 결제 문자가 한 번 더 왔다. 86만 원이 결제된 것이다. 친구에게 연락해보니 성과 이름을 바꿔 써서 다시 수정하고 티켓팅을 다시 했다고 한다. 티켓이 이중 결제가 된 것이다. 그리고 바로 친구는 비행기를 탔다. 나는 어떻게든 이중 결제에 대한 부분을 수정해 보려고 백방으로 알아봤지만 그건 명백한 친구의 실수여서 어떻게 할 수 없다는 답변만 들었다.

문제는 그 이후였다. 자신이 책임지고 티켓 비용을 입금하겠다던 친구는 하루가 지나고 이틀이 지나고도 감감 무소식이었다. 그렇게 한 달, 두 달이 지났다. 이미 86만 원이라는 돈은 내 카드 명세서로 청구되었고 지불되었다. 처음에 입금을 하겠다며 큰 소리 치던 친구는 한 달이 지나면서부터 연락조차 받지 않았다. 상처가 된 건 친구가 나에게 보여준 태도였다. 그냥 좀 더 솔직하게 말했으면 되는데. 그 친구의 행동은 평소 그 친구가 '돈'을 어떻게 대하는지, 그리고 나에 대해 어떻게 생각했는지 드러나게 했다. 그리고 20년 세월의 신뢰가 그 사건으로 인해 무참히 깨어졌다.

배려가 계속되면 그것을 당연한 권리로 아는 사람이 있다. 사람의 관계에서도 말이다. 당연한 권리처럼 생각하고 누리는 사람은 모르겠지만 배려만 하는 사람은 어느 순간 곪아 터지기 마련이다. 그리고 그건 어떤 방식으로든 드러나게 돼 있다. 그렇게 드러나서 관계가 불편해졌다면 굳이 희생하면서까지 그 관계를 이끌고 가지는 말자는 이야기다. 그 사건 때문에 불편해진 관계는 그때가 아니어도 언제든 터질 사건이었을 것이다. 지금보다 더 크게 말이다.

좋았던 관계가 언제든 불편해질 수 있다는 것도 명심하자. 그리고 불편함을 느꼈다면 그건 분명 이유가 있다. 그것을 받아들이고 그 불편한 관계를 당연시하지 말자. 사람의 관계란 서로 노력해야 유지할 수 있는 것이다. 어떤 관계에서 더 이상 솔직할 수 없다면 이미 끝난 관계라고 봐도 좋을 것이다. 존중하고 돌봐야 할 것은 불편해진 '내 마음'이지 상대방이 아니니까. 그리고 세상엔 당연한 게 없고, 누구도 희생을 강요할 수 없다는 사실을 기억하자.

06

타인과 비교하지 말고
어제의 나와 비교하라

태국으로 가는 비행기 안에서 옆 사람과 대화를 나누었다. 나이는 나보다 한두 살 적은 남자였다. 그 친구는 대화하다가 비행기 티켓을 얼마 주고 샀느냐고 물어봤다. 나는 솔직하게 대답했다. 그랬더니 그 친구는 자신이 나보다 비행기 티켓을 더 비싸게 샀다면서 기분이 좋지 않다고 했다. 비행기 티켓 값은 옆 좌석이어도 가격이 다르다. 그런데 굳이 그것을 비교해 가면서 자신의 기분을 언짢게 만들고 싶은지가 의문이었다. 반대로 자신이 좀 더 싸게 티켓을 샀다면 그것으로 승리하는 기분을 느꼈을까?

어렸을 때부터 집단 문화에 익숙해진 우리들은 주변과 너무 많이 비교하면서 살아왔다. 인생에서 자신만의 기준이 없었기 때문이다. 그래서 남을 기준으로 삼곤 했다. 다른 애보다 성적이 더 잘 나오면 잘한 거고, 더 많이 갖고 있으면 행복한 거고 하는 등등의 것들 말이다. 삶의 주체가 내가 아니다. 행복은 남보다 우위에 있으면 느껴지는 것들이었다. 그러한 습관이 여행에서도 고스란히 나타나는 것을 볼 수 있다. 예를 들어 내 여행이 남의 블로그에 의해 계획되는 것이다. 남이 가본 곳은 꼭 가봐야 하고, 그래야 나의 여행에도 안정감이 생긴다. 언제까지 그렇게 남이 기준이 되어 내 삶에 대입하는 삶을 살아야 할 것인가?

예전에는 중남미 여행을 가려면 미국을 거쳐 가든지 두세 번은 기본으로 비행기를 갈아타고 가야 했다. 하지만 얼마 전부터 한국과 멕시코를 잇는 직항 노선이 생겼다. 그 항공사에서 취항 기념으로 비행기 티켓을 굉장히 저렴하게 팔았다. 그것을 '아에로 멕시코 대란'이라고 불렀다. 몇 차에 걸쳐 행사를 했는데 그 행사 티켓을 잡은 사람은 최저 35만 원으로 왕복항공권 티켓을 사서 여행할 수 있었다. 그런 티켓을 잡으려면 정보력이 있어야 하고 수많은 인내와 노력이 뒤따른다. 서버가 마비됨에도 불구하고 인내력으로 그 티켓을 얻은 것이다. 물론 운이 좋게 한 번에 티켓을 사는 사람도 있지만 말이다. 그런데 어떤 사람은 그런 노력을 보지 않고 무조건 싸게 산 것에만 집중해 자신의 것과 비교한다.

우연찮게 나도 그 당시 남미 여행을 하고 있었다. 여행자들과 만나 이야기를 하다 보니 화두는 단연 비행기 티켓을 얼마 주고 왔느냐는 것이었다. 칠레 산티아고 게스트 하우스에 있었을 때였다. 게스트 하우스 주인이 어제 와야 되는 친구가 오지 않는다고 발을 동동 굴렀다. 무슨 일이 있는 것 아니냐고 걱정했다. 그런데 그 친구는 그 다음 날 도착했고 우리는 도란도란 모여 얘기를 들을 수 있었다. 그 친구는 아에로 멕시코 대란으로 표를 끊고 왔는데 멕시코에서 환승해 칠레 산티아고로 오는 일정이었다. 그런데 시간을 잘못 알아서 환승 장소에 늦게 갔는데 이미 비행기가 떠난 뒤였다고 했다. 워낙 싼 표라서 아에로 멕시코 측에서 어떤 조치도 해주지 않았다고 한다. 그래서 원래 금액보다 더 비싼 금액을 주고 산티아고까지 왔다고 했다.

여행지에서는 이렇게 자기의 의도와는 다르게 많은 일이 생긴다. 그래서 돈이 더 나가는 경험도 한다. 그런데 어떤 여행자는 이런 여행의 무용담을 들으면서 남들이 고생하거나 자신이 그들보다 돈을 아꼈거나 하는 데서 자신의 여행이 잘되고 있다는 이유를 찾기도 한다. 아이러니하다. 여행까지도 남과 비교하면서 여행의 질을 결정하니 말이다. 여행의 질은 남과의 비교가 아니라 어제의 나와 비교하면서 높여가는 것임을 기억하자.

인생도 마찬가지다. 우리는 남과 비교하느라 너무 많은 시간을 낭비한다. 그리고 그것에 발맞춰 살려고 무단히 노력한다. 하지만 남이 비교 대상이 되어서는 안 된다. 내 인생의 가치는 내가 결정해야 하고, 어제보다 나은 나의 삶이 되도록 노력해야 한다. 어제보다 내가 발전하고 있다면 그걸로 족한 것이다.

그렇게 비교하는 인생을 살다가 나 자신이 되기보다 다른 누군가가 되기 위해 힘쓰는 경우가 있다. 어떤 인생이든 굴곡이 있다는 것을 잊지 말아야 할 것이다. 좋은 때가 있으면 좋지 않은 때도 있고, 좋지 않은 때가 있으면 좋은 때도 있다. 그런데 남이 잘되면 꼭 배 아파하는 사람이 있다. 그리고 남이 좀 힘들어하면 그걸로 위안을 삼는다. 남이 힘든 걸 위로해 주는 건 누구나 할 수 있지만, 잘돼서 축하해주고 축복해주는 것은 진정으로 그 사람을 위하는 사람만 할 수 있다고 생각한다. 그래서 나는 내가 힘들 때 위로해 주는 사람보다 잘되었을 때 진정으로 기뻐해 주는 사람이 진정한 내 사람이라 생각한다.

또한 인생에서 나의 자존감이 다른 사람에 의해 결정되도록 두지 말아야 할 것이다. 나는 오직 나다. 내 경험에 의해 나를 잘 알고 나면 그런 비교를 하지 않게 된다. 나 또한 어렸을 때는 나보다 더 잘난 친구, 내가 갖고 있지 않은 친구의 것을 부러워하며 살았다. 남과 비교하는 인생에서는 결국 남에 의해 내 인생이 좋아졌다가 남에 의해 나빠지는 경험을 한다. 주체적이지 못한 삶을 살게 된다.

그렇다면 어제의 나의 삶과 비교하며 성장하는 방법은 무엇

일까? 바로 어제보다 나은 오늘에 집중해서 사는 것이다. 우리
는 언제나 실수한다. 인간관계에서도 실수하고, 내뱉은 말을
후회하기도 한다. 그것에 함몰되어 있다 보면 앞으로 나아갈
수 없다. 그럴 때는 어제의 나와 비교하며 어제보다 오늘 조금
더 잘한 일에 대한 상을 주는 것도 좋은 방법이다. 그렇게 하려
고 노력해도 꾸준히 하는 것이 힘들 것이다. 하지만 그러한 작
은 노력부터 시작이라는 것을 잊지 말자. 그때부터 나에게 집
중하고 진정한 가치가 있는 삶을 살 수 있다. 그렇게 어제보다
나은 내가 되려고 노력하다 보면 어느 순간 평소에 그리던 삶
을 살고 있는 자신을 보게 될 것이다.

자신이 아닌 타인과 비교하는 삶을 사는 사람은 자신의 부족
한 점에만 집중한다. 그리고 그건 누군가에게 원망의 감정을
품게 한다. 하지만 자신의 어제와 비교하며 사는 사람은 자신
이 가지고 있는 것에 초점을 맞춘다. 자신의 있는 그대로를 인
정한다. 스스로 조금씩 발전하는 자신을 대견하게 느끼며, 자
신을 믿는다. 자신을 믿는 것만큼 성장을 촉진시키는 힘은 없
다. 자신의 삶을 진정으로 즐기게 된다. 비로소 삶의 주인이 되
는 것이다.

나이에 맞는 인생의 숙제를 하지 못해서 마음이 조금 힘든
적이 있었다. 내가 추구한 인생을 살았다고 자부해왔다. 하지
만 주변에서 봤을 때는 그저 아직 결혼하지 않은 한 사람이었

을 뿐이었다. 그동안 살아온 나의 모습들은 아무 상관이 없었다. 그저 그 나이 때 해야 하는 숙제를 했나, 하지 못했나 하는 것으로 한 사람의 인생을 평가한다. 그때 나도 평범한 다른 사람과 비교하면서 '내가 그때 이 선택을 했더라면 어땠을까?'에 초점을 맞춰서 살았다. 그리고 그 평범함까지 부러워하게 되었다. 그러다 보니 내 인생이 무척 보잘 것 없이 느껴졌다.

충분히 가치가 있는 인생이고, 누군가는 나의 인생을 부러워하고 있는데도 말이다. 그건 바로 타인이 나의 인생을 판단하고 결정짓도록 내 자리를 내놓았기 때문에 생긴 현상이었다. 이제까지 나는 충분히 열심히 잘 살아왔다고 자부한다. 그렇게 힘들게 살아온 자신을 토닥여줘야 한다. 그리고 칭찬해 줘야한다. 어제보다 더 나은 오늘을 살고 있다고. 자신의 삶에 날개를 달아주자.

07

여행지에서 글쓰기 근력을 키워라

일상에서의 글쓰기가 꼭 필요할까? 원하지 않지만 학교나 직장에서 어쩔 수 없이 글을 써야 했던 사람이라면 공감할 것이다. 살아가기 위해 필수적으로 해야 하는 글쓰기 말고, 내면의 글쓰기에 대해 이야기를 하고 싶다.

온전히 내가 주인공이 되어, 내 마음을 들여다보는 글쓰기를 해본 적이 있는가? 어떤 장소에 가서 사람을 만나고 무엇을 보고, 어떤 일이 일어나는 것. 우리는 그것을 경험이라고 부른다. 경험은 누구나 다 한다. 하지만 그 경험을 통해 우리는 성장할 수 있다. 그 경험을 온전히 내 것으로 만들고 성장하려면 글을 쓰는 습관을 들여야 한다. 그 시간에 경험을 통한 내면의 성찰이 이루어지며 경험을 토대로 앞으로 인생이 나아갈 명확한 방향을 설정할 수 있기 때문이다. 이건 매우 사소한 습관이지만 인생에서 나중에 큰 차이를 만들어낸다.

난 어떤 선택의 순간에 고민을 많이 하는 편이다. 언제부터인지 머리로만 생각하던 고민을 글로 써보기 시작했다. 글로 써 놓으니 좀 더 상황이 객관적으로 보이기 시작했다. 머리를 싸매고 고민하던 것이 글로 적혀 있으니 명확해지는 것이다. 그 이후 나는 어떤 선택의 순간이나 감정의 기복이 있을 때 글로 적어본다. 그러면 문제의 본질이 정확하게 보이며 결단하게 된다. 그러면서 생각하는 시간을 줄이고 행동으로 일단 부딪힌다. 우리가 어떤 일을 할 때 앞으로 나아가지 못하는 이유는 너무 많은 생각을 하며 주저하기 때문이다. 그리고 내 자신이 원하는 것을 명확하게 모르기 때문이다. 글쓰기가 내면을 성찰해 나를 정확하게 알게 하고 방향성을 알려주는 건 사실이다.

글쓰기가 좋은 건 알지만 실천하기가 참 힘들다. 특히나 일상을 바쁘게 사는 사람들에게는. 그럴 때 더없이 좋은 훈련은 여행지에서 글을 쓰는 것이다. 일상에서는 내가 해야 할 일에 얽매여 그것들을 생각하느라 머리가 쉴 틈이 없다. 여행지에서는 모든 것이 새롭다. 쳇바퀴처럼 굴러가는 일상에서는 쓸 거리가 없다는 사람에게도 더없이 좋은 환경이다. 매일 보는 것이 다르고, 만나는 사람이 다르고, 생기는 일들이 다르기 때문이다. 그리고 그것을 대하는 내 감정이 다르다. 그것들을 기록하고 싶은 순간이 올 때, 꾸준히 글을 쓰는 습관을 기르라고 권유해 본다.

글을 잘 쓰지 못해도 된다. 내가 경험한 에피소드들을 친구한테 이야기한다고 생각하고 써 내려가면 된다. 그렇게 글쓰기 근력이 길러지는 것이다. 중요한 것은 매일 매일 소소하게 쓰는 것이다. 여행은 이동하고 기다리는 것이 주된 일이라고 해도 과언이 아니다. 그런 시간 시간을 그냥 흘려보내지 말고 종이와 펜을 꺼내 그때그때의 에피소드와 나의 감정을 쓰는 습관을 들이자.

나의 첫 해외여행지는 유럽이었다. 유럽 여행은 가이드북에 의지해서 바쁘게만 다니다 보니 여행을 기록하지 못했다. 그 다음 해에 두 번째 해외여행으로 인도를 택했다. 그리고 책처럼 생긴 가벼운 수첩을 하나 구입했다. 두 달 동안 여행하면서 나는 수첩에 빠짐없이 글을 썼다. 특히나 인도는 이동 시간이 길다. 그래서 기차를 타는 시간을 많이 활용했다. 그리고 여행지 티켓을 거기에 함께 붙여 놓았다. 그때그때 써야 생생하게 기록할 수 있다. 돌아와서 보니 그것이 하나의 나만의 책이 된 것만 같은 기분이 들었다. 그리고 추억하고 싶을 때 가끔 꺼내 본다. 여행지에서 찍은 사진만으로도 추억할 수 있다. 하지만 사진은 단편적인 모습이다. 경험에서 느낀 경험의 냄새와 온도 등을 느낄 수 없다. 하지만 글로 써 놓으면 글을 보면서 생생하게 그 현장을 그리게 된다. 일상으로 돌아와서 내가 했던 여행을 더 생생하게 만드는 건 적어놓았던 '글'이다.

종이에 꾹꾹 눌러쓰는 글이 조금 힘들게 느껴진다면 SNS를 활용하는 방법도 좋다. 요즘에는 긴 글보다 짧고 임팩트 있는 글을 선호하는 추세다. 그날 하루 찍은 사진 중에 가장 인상 깊었던 사진 하나를 선정해서 그에 따른 내 생각을 짧게 글로 남기는 것이다. 또한 블로그에 일기 형식으로 하루 일정을 남겨도 좋다. 내가 이미 경험한 것은 나에게 시시해 보여도 그 여행을 계획하는 사람에게는 기막힌 정보가 될 수도 있다. 아침부터 저녁까지 여행지에서 한 일을 사진과 함께 나열만 해도 좋다. 그게 아무것도 아닌 것 같아 보여도 하루하루를 정리하는 습관을 들이게 된다. 그렇게 쌓아 놓으면 나중에 큰 자산이 된다.

SNS를 별로 선호하지 않았었다. 하지만 그 많은 여행을 다녀왔는데 딱히 기억이 나지 않았다. 그런데 가끔 내가 갔던 어떤 장소를 꺼내보고 싶을 때가 있다. 그래서 나도 블로그를 하기 시작했다. 세 달간 남미 여행을 하면서 하루하루 블로그에 포스팅하는 습관을 들였다. 솔직히 보여주기 위한 듯한 멋진 사진에만 집착하는 여행은 내 성격상 맞지 않다. 예쁜 사진으로 남기는 것도 좋지만 그 시간 그 장소에서 눈으로 충분히 담고 가슴으로 느끼려고 한다. 그런 충분한 기분을 느끼면 그걸 다른 사람들과 공유하고 싶은 마음이 드는 건 당연하다. 좋은 건 나눠야 하니까. 그런 마음으로 글을 쓰려고 한다. 그렇게 하루하루 포스팅을 하다 보면 에피소드를 찾게 되어 있다. 특별한 일이 없어도 평범한 일을 특별하게 만들고 있는 내 자신을 보게 된다. 그리고 무언가를 찾아낸다. 모든 것들이 내게 의미 있게 다가온다. 여행의 발견이다.

여행지에서 그렇게 글을 쓰는 습관을 들이고 일상으로 돌아왔다. 여행지에서는 매일 매일 있는 장소가 다르고 보는 것과 만나는 사람이 달라서 굳이 이야기를 짜내지 않아도 자연스럽게 글을 쓸 수 있었는데 일상으로 돌아와서는 뭘 어떻게 써야 할지 몰랐다. 그러다 내가 평범하게 하는 것들에 의미를 부여하기 시작했다. 내가 매일 하는 평범한 일들이 특별하게 느껴지기 시작했다. 내가 가는 평범한 장소, 그리고 친구들과 만나서 하는 대화, 그리고 먹는 음식이 조금 새롭게 느껴지기 시작했다. 뭔가 특별한 일을 해야만 특별해지는 것이 아니다. 평범한 것도 특별하게 만드는 것은 나다. 그리고 그런 특별한 순간이 많아지면 나의 인생이 좀 풍부해진다.

내가 가기 전, 보기 전에는 너무나 멀게 느껴지던 것들도 한번 보고, 경험하고 나면 친근하게 다가온다. 그리고 그것을 추억할 수 있는 어떤 장면을 봤을 때 내가 해본 경험을 꺼내게 된다. 그럴 때는 종합적인 감각이 작용한다. 그 감각을 잃지 않게 글로 적어놓았다면 더 생생하게 각인된다. 글로 쓴다는 건 좀더 선명하게 각인하는 작업이다. 그리고 그것은 그 누구에게는 정말 간절하게 필요한 글일 수도 있다.

생생하게 추억할 수 있는 일이 있다는 건 행복한 것이다. 그만큼 삶에서 포용할 수 있는 범위가 커지는 것이기도 하다. 좁은 곳에서 아옹다옹 살면서 고민하는 것에 빠지지 않고 좀 더 나의 삶을 건실하게 이루어 나갈 수 있다.

　나는 글쓰기와 함께 성장했다. 여행지에서 하는 글쓰기는 최고로 나를 성장하게 했다. 글을 쓰면서 나를 알아가며 성찰할 수 있었다. 자존감을 갖게 했고, 나다운 삶을 살게 했다. 여행지에서 글쓰기 근력을 키우라고 말하고 싶다. 그리고 누구든 정말 나다운 멋진 인생을 살았으면 하는 바람이다.

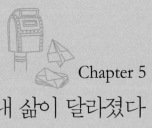

Chapter 5

생활 여행자가 된 후, 내 삶이 달라졌다

여행이 나에게 가르쳐준 것들

20대의 마지막 시기에 아주 깊이 사랑했고, 실연을 했다. 많이 아팠고, 그 아픔을 치유하고자 몸부림쳤다. 그 몸부림의 끝에 '여행'을 선택했다. 현실에서 멀리 떨어져 여행을 하면 괜찮을 줄 알았고, 모든 게 해결될 줄 알았다. 하지만 도피하듯 떠난 여행은 나에게 많은 것을 가르쳐 주었다. 그것은 여행을 떠날 때는 짐만 챙길 것이 아니라 마음까지 챙겨서 와야 한다는 것이다. 일상에서의 고민들을 끌어안고 오는 것이 아니라, 그 마음은 분리시키고 온전히 여행에 집중할 마음만 챙겨 와야 한다. 그렇지 않으면 돈과 시간과 마음까지 모두 버리고 오는 상황이 생긴다. 그런 다음에는 "이번 여행은 대실패였어"라고 말하게 될 것이기 때문이다.

"엘리지가 말했어요. 세상은 생각대로 되지 않는다고. 하지만 생각대로 되지 않는다는 건 정말 멋져요! 생각지도 못했던 일이 일어나는 걸요."

몽고메리 소설《빨강머리 앤》에서 앤이 한 말이다. 세상의 일은 생각대로 돌아가지 않는다. 특히 일과 사랑에서 말이다. 우리는 삶을 지탱하는 결정적인 요소가 흔들릴 때 변화를 원한다. 그리고 그때 제일 먼저 선택하는 것이 여행이다. 여행은 현실과 분리되어 미래를 계획할 시간 또는 잠시 멈추고 휴식할 시간을 갖는 것이다. 그런데 그 여행마저 늘 생각대로 되지 않는다. 예상치 못한 일들의 연속이다. 그러나 생각대로 되지 않기에 놀라운 일이 생기기도 한다. 여행이고 인생이고.

나는 여행지에서 만난 변수들을 긍정적으로 생각하려고 한다. 하지만 부정적인 변수들이 휘몰아쳐 오는 날엔 그 상황을 과연 어떻게 받아들여야 할까?

엄마와 멕시코 칸쿤을 여행할 때였다. 여행지의 신비한 자연은 꼭 봐야 한다는 엄마의 강력한 여행 스타일이 있었다. 그래서 핑크빛 호수가 있는 '핑크 라군'에 가기로 했다. 라군은 얕은 호수를 말한다. 그 호수가 핑크색인 이유는 바다 속에 있는 붉은색 플랑크톤과 갈색 새우 때문이라고 한다. 이 둘이 화학반응을 해서 핑크빛이 완성된다고 한다. 우리가 있는 곳에서 핑크 라군까지 가려면 차로 3시간 30분 정도를 가야 했다. 차를 렌트해서 가는 방법이 제일 낫다고 해서 같이 갈 사람들을 모아 차를 렌트했다. 한국인 여행자 세 명과 함께 다섯 명이 한 차를 타고 출발했다. 신기하게도 모두 여자들이었다. 엄마가 운전을 했고 날씨도 화창했으며 핑크빛 호수를 보러 간다는 생각에 도취되는 기분이었다.

차에 주유를 하고 신나게 아스팔트 도로 위를 달리는데, 땅이 넓은 건지 차가 없는 건지 길은 막히지 않아 좋았다. 얼마 지나지 않아 방지 턱이 나오고 차가 한 번 덜컹거렸다. 도로 사정은 생각보다 좋지 않았다. 도로 곳곳이 많이 파여 있었다. 하지만 괜찮으리라는 믿음이 있었다. 차가 좀 이상하다는 느낌이 들었지만, 무시하고 한 시간 정도를 더 달렸을까? 이상한 냄새가 나기 시작했다. 그래서 갓길에 차를 세웠다. 차에서 내린 우리는 경악을 금치 못했다. 차바퀴가 찢어져 완전 가루가 되어 있었다. 그 상태로 그냥 운전을 하고 왔던 것이다.

그 찰나에 앞뒤 두 차에서 멕시코 청년 네 명이 내렸다. 기다렸다는 듯 공구를 꺼내더니 스페어타이어로 교체해 주었다. 일은 일사천리로 진행되었다. 그러더니 유유히 자신들의 길을 간다. 정말 하늘에서 보내 준 멕시코의 천사들이 아닐까 한다. 그때까지만 해도 우린 감사했다. 사고가 나자마자 그걸 인지할 겨를도 없이 누군가 와서 다 해결해 주었기 때문이다.

그렇게 또 한참을 달리다가 울퉁불퉁한 비포장도로를 마주했다. 금방 괜찮은 도로가 나올 줄 알았는데 차량 한 대만 겨우 갈 수 있는 비포장도로는 끝도 없이 나타났다. 그런데 앞에 길을 막고 서 있는 차가 보였다. 다행히 경찰차가 있어 경찰에게 운전을 대신해 달라고 했다. 차는 끝도 없이 후진을 하더니 마주 오는 차가 지나갈 수 있는 자리까지 피해주었고, 그제야 우리 갈 길을 갈 수 있었다.

가슴을 쓸어내리며 가다가 바다에서 홍학(플라밍고)을 발견했다. 잠깐 구경한다고 차를 세워 놓았다. 단단하게 보이는 모래 사장에 차를 세우고 사진을 찍고 다시 차를 탔는데 차가 앞으로 가지는 않고 모래 속으로 빠져드는 것이 아닌가! 가녀린 팔 뚝들이 차를 밀어 겨우 차를 빼낼 수 있었다. 그때부터 이상하게 팔, 다리가 후들거리기 시작했다. 인적도 드문데 그곳에서 차가 모래로 하염없이 빠져서 바퀴가 나오지 못했다면? 생각만 해도 아찔하다.

그런데 그게 끝이 아니었다. 차에서 또 이상한 소리가 난다. 차를 세워서 보니 차 범퍼 밑의 지지대가 걸레처럼 너덜거리고 있었다. 땅에 닿아서 도저히 차가 앞으로 나아갈 수 없는 상태였다. 목표했던 핑크호수고 뭐고 그냥 숙소로 돌아가고 싶은 마음뿐이었다. 렌트카 회사에 전화한다고 해서 해결할 방법이 딱히 있을 것 같지 않았다. 우린 이미 4시간 거리를 7시간이나 걸려 와 있었다. 정신을 차려야 했다. 지지대를 위로 올려 묶으면 될 것 같은데 끈 하나가 없다. 갑자기 떠올랐다. 점심을 먹으려고 햄버거를 산 비닐봉지가 있다는 것을. 그리고 그 비닐봉지를 말아서 끈으로 만들어 그것들을 이었다. 지지대를 최대한 끌어올려 위로 묶었다. 이제는 그 어떤 힘도 남아 있지 않았다. 지지대가 내려앉지 않고 숙소까지 갈 수만 있다면 더 이상 바랄 게 없다고 생각했다.

그렇게 마음속으로 기도하면서 가는데 저 앞에 핑크색 호수가 보이는 것이다. 빛의 각도에 따라 핑크빛으로 보이다 보라색으로 보이다 하는 광경을 보며 자연의 신비로움에 도취되었다. 하지만 잠깐이었다. 렌트카 회사가 문을 닫기 전까지 우리는 차를 반납해야 했다. 그리고 이 모든 사고에 대한 수습을 해야 했다. 마음은 무거웠지만 다행히도 무사히 렌트카 반납을 할 수 있었다.

어느 정도의 예상치 못한 사고를 만났을 때, 그것을 해결해 나가는 힘을 여행을 통해 배운다. 하지만 이 사건은 내 여행 인생을 통틀어 난이도가 조금 높았다. 그리고 나는 엄마에게 "정말 이럴 순 없어. 해도 너무하네. 뭘 그렇게 잘못했다고. 몇 년간의 여행 통틀어서 최고로 짜증나는 날이야"라고 소리를 쳤다. 운전대를 잡은 엄마가 제일 힘들만도 한데 엄마는 오히려 상황을 긍정적으로 해석하며 감사했다. 그러면서 난 '엄마'라는 존재의 위대함을 다시 한 번 깨달았다.

그 순간이 행복했든, 짜증이 났든, 화가 났든 지났을 때는 모두 추억이 되고 조금 미화가 되는 것도 사실이다. 중요한 것은 그런 상황 속에서 어떻게든 사건은 해결되고, 그렇게 나는 성장한다는 것이다. 그리고 내가 "다시는 이렇게 힘든 여행 안해"라고 말했던 것은 잊어버리고 여행을 계속 하고 있다는 사실이다. 또한 그렇게 인생에서 그리고 여행에서 이야기가 풍부한 사람이 되어 가고 있는 것이다. 그 각각의 여행은 나에게 스며들어 내 내면을 바꾸고 있었다. 어떤 상황이든 헤쳐 나가며, 좋지 않은 상황에서도 감사할 거리를 찾는 나를 본다. 여행은 그렇게 초 긍정의 마음으로 세상을 바라볼 수 있는 힘을 준다. 그러면서 점점 나은 사람이 되어 가고 있는 나를 보면 흐뭇해진다.

여행은 갈 때 온전히 즐길 마음까지도 준비하고 가야 한다는 것. 어떤 상황이 와도 해결 방법이 있다는 것. 그리고 나에게만 있는 일이라며 자책하지 말 것. 세상에는 좋은 사람들이 수없이 많고 그들에게 열린 마음을 가지고 감사할 수 있는 인생을 살 것. 사람의 인생이든 사물이든 함부로 판단하지 않고 인정해줄 것. 그리고 그 마음을 갖고 살면 세상을 살아가는 데 강력한 힘이 될 거라는 것. 그 모든 것들이 여행이 나에게 가르쳐 준 것들이다.

02

일상을 여행처럼 사는 방법

여행을 하는 이유를 곰곰이 생각해 보니, 반복되는 일상에서 벗어나기 위함인 듯하다. 잠시 잠깐이라도 낯선 곳에서 새로운 것들을 보면서 주위를 환기시키고 기분 전환을 하기 위함이 큰 이유일 것이다. 그리고 온전히 나에게 집중하기 위함이 아닐까. 여행지에서는 오롯이 나에게 초점을 맞춰 사는 것이 가능하기에.

일상에서는 내 생각대로 살기보다는 내가 서 있는 위치에 맞게 살아가려고 노력하게 된다. 때로는 내 생각과 다른 사람의 생각이 충돌하기도 하면서 반복적인 일상을 산다. 내 가치 기준보다 사회가 바라는 '나'에 어느 샌가 초점이 맞춰진 것도 발견하게 된다. 그렇게 우리는 일상에서 답답함을 느끼기도 한다.

하지만 언제나 여행만 하면서 살 수는 없는 것도 사실이고, 우리는 각자에게 주어진 일상을 살아야 한다. 반복되는 일상의 지겨움도 견뎌야 하고, 때로는 주변의 잔소리에도 아무렇지 않아야 한다. 하지만 잘 되지 않는 것도 사실이다. 답답함이 몰려올 때마다 여행을 떠나고 싶지만 그럴 수는 없는 노릇이다. 그렇다면 일상을 여행처럼 사는 건 어떨까?

여행은 낯선 곳을 탐험하는 것이다. 일상을 탐험하는 마음을 가지면 '일상 여행자'가 될 수 있다. 일상을 여행하면서 산다는 것은 익숙한 것을 새로운 시선으로 보는 것이다. 그러면 일상을 여행처럼 사는 것이 가능해진다. 매번 우리가 낯선 환경으로 들어갈 수 없으니 말이다.

내가 살고 있는 곳은 해방촌이다. 해방 이후 살게 된 어르신들부터 외국인까지 이곳에는 다양한 문화가 공존한다. 굳이 새로운 곳을 가지 않아도 여행하는 기분을 항상 느낄 수 있었다. 요즘에는 입소문을 타면서 많은 사람들이 방문하고 있다. 나는 이곳이 일상이지만 누군가에게는 여행으로 오는 곳이 되었다. 여행하듯 방문하는 사람들은 모든 것이 새롭다. 그리고 순간의 기록을 하려고 한다. 일상을 기록하면서 산다는 것은 내 일상에 의미를 부여하는 일이고, 그건 여행자로서의 마인드다.

그래서 나도 여행자의 마인드를 가지고 일상을 기록하기 시작했다. 기록은 꼭 글이 아니어도 되고 사진으로 남겨도 된다.

평소 사진을 찍는 게 습관화되어 있지 않았다. 하지만 여행을 가면 우리는 꼭 사진으로 남기려고 한다. 그래서 생각을 바꿨다. 나는 이곳에 여행을 온 거라고. 그리고 자주 가는 레스토랑이나 카페도 그냥 지나치지 않고 기록으로 남기기 시작했다. 그랬더니 새로운 시선이 생겼다. 그리고 거기에 스토리를 부여하기 시작했다.

평소 SNS를 선호하는 스타일은 아니었다. 보여주기 식의 인생이라고 생각했다. 진정으로 행복한 사람은 "나 행복해요!" 하면서 떠들고 다니지 않는다고 생각했다. 그래서 SNS에는 진정성이 없다고 생각했다. 감정 없이 의무적으로 '좋아요'를 누르고, 좋아요 수에 집착하는 것이 그리 좋아 보이지 않아서 SNS는 하지 않으리라 생각했다.

어쩌면 내가 너무 많은 사람들을 의식하면서 살지 않았나 싶다. 사람들은 그렇게 나를 크게 생각하지 않는데 말이다. 일상에서 나를 가볍게 놓아두지 못한 것이다. 그래서 낯선 어디론가 떠나 혼자 위안을 받고 온 것일 수도 있다는 생각이 들었다. 왜냐면 낯선 곳에 가면 온전히 나의 모습대로 살 수 있으니까.

나를 가볍게 오픈할 수 없는 삶을 살았다는 것은 너무 많은 걱정거리나 두려움을 가지고 있었다는 뜻일지도 모른다. 그런데 그것들이 나로부터가 아니라 타인으로부터 온 절망들이라면? 타인의 두려움과 걱정거리를 스스로 짊어지고 있는 것이라

212

면? 특히 가족으로부터 오는 짐 같은 것들 말이다. 언제부터인
지 주변에서 요구하는 것들 때문에 일상의 무게가 더 무거워진
다는 느낌을 받았다. 그리고 그렇게 지쳐갔다.

일상은 무겁다. 하지만 여행자의 시선은 가볍다. 그리고 여
행은 매 순간이 특별하다. 그렇게 일상에서 여행자의 시선을
가지고 살기 시작했다. 그 일상을 기록으로 남기려고 블로그를
시작했다. 포스팅을 하면서 사소한 것을 그냥 지나치지 않게
됐다. 그러니 일상에서 새로운 것이 보이기 시작했고, 특별해
지기 시작했다.

매일 반복되는 일상을 살다 보면 시간에 끌려가는 인생을 살
게 된다. 하지만 일상을 기록하는 삶을 사니 시간을 통제할 수
있게 되었다. 그리고 일상에 콘셉트가 생기기 시작했다. 여행
하듯 말이다. 그렇게 매일 실천하다 보면 나의 자산이 쌓이는
경험을 한다. 그건 내가 일하면서 정리해 놓은 것일 수도 있고,
내가 갔던 레스토랑의 음식들일 수도 있다. 그리고 내가 하루
에 걷던 길일 수도 있다. 매일같이 하는 일인데 거기에 내가 옷
을 입혀준 것이다. 그리고 의미가 생기기 시작했다. 나만의 콘
텐츠가 쌓이니 관심 있어 하는 방문자도 생기고 이웃도 생겼
다. 그렇게 새로운 사람과 소통하는 재미도 꽤 쏠쏠했다.

예전에는 사람들과 두루두루 친했는데, 세월이 흐르면서 진
짜 내 사람만 옆에 남는 것을 느낀다. 그마저도 각자의 삶을 사

느라 바빠서 자주 연락하지 못한다. 하지만 블로그를 하면서 전국 각지에 있는 사람이 이웃이 될 수 있다는 것도 알았다. 서로 남겨주는 글 속에서 힘을 얻을 수 있다는 것도 알았다. 그렇게 나만의 세계에 갇혀 있던 내가 소통하는 법을 알게 된 것이다. 어쩌면 여행은 나만의 휴식을 위해 떠나는 것이지만 평소 만날 수 없던 사람들과 소통할 수 있어서 재미있는 것일 수도 있다. 여행지에서는 평소 내가 만날 수 없는 다양한 직업군의 사람을 만날 수 있기 때문이다.

요즘에는 인스타그램으로 활동 반경을 넓혔다. 스쳐 지나갈 수 있는 이미지에 나의 생각을 정리해서 짧은 글을 올리는 것이다. 그렇게 내가 느끼는 생각을 정리하면서 나에게 오롯이 집중할 수 있는 힘을 가질 수 있었다. 일상에서 주변 사람들의 말에 지쳤을 때 오롯이 내가 생각하며 썼던 글귀는 나를 조금 더 흔들리지 않게 해준다. 내 생각을 말할 수 있게 해준다. 그렇게 생각하는 것을 글로 옮기는 사람은 내면이 단단한 인생을 살 수 있다. 나를 중심으로 사는 것이다.

나를 중심으로 산다는 것은 이기적으로 산다는 말이 아니다. 솔직히 우리는 살면서 많은 희로애락의 감정을 경험한다. 기분이 좋았다가도 상대방의 사소한 말 한마디에 화가 나기도, 슬퍼지기도 한다. 그럴 때 그 감정을 그냥 두면 나의 자존감만 하락한다. 그런데 기록을 하니 객관적으로 바라보게 된다. 그리고 내 감정을 반추하게 된다. 그러면 그 감정을 내가 받아야 할 것인지 흘려보내야 할 것인지가 명확해진다. 그냥 생각만 하면 명확해지지 않는다. 그건 기록하는 삶을 살 때 가능한 것이다. 그리고 나를 오픈을 할 수 있다. 나를 오픈하는 삶을 산다는 것은 나를 굉장히 자유롭게 한다.

이렇게 삶을 탐구하는 여행자는 자신을 꾸미지 않으면서 자신을 알고 발견하는 재미를 일상 속에서도 발견할 수 있다. 그리고 그냥 스쳐가는 인연에 연연하지 않게 된다. 그렇게 여행을 계속하지 않아도 일상 속에서 여행하는 것처럼 살 수 있다. 늘 새롭고 즐거운 존재가 된다. 그저 그냥 내가 장소를 바꿔가면서 살아간다고 생각하면 되는 것이다.

03
―――――――
감정표현을 스스럼없이 하라

"너, 왜 화난 사람처럼 구니?"

"화났으니까요!"

"화가 났다고 아무 데나 화를 표현하면 곤란하지."

"화가 나는데 화를 표현 안하면 그 화는 어떡해요? 화를 내야 풀어지는 거 아니에요? 그리고 왜 아무 데나예요? 여기가."

주말 드라마 〈황금빛 내 인생〉을 보다가 난 이 장면에서 멈췄다. 이 장면은 재벌가의 엄마가 20년 전에 잃어버린 딸을 찾아서 함께 식사하는 장면이다. 20년 넘게 남의 집에서 살다가 온 그 딸은 잔뜩 화가 나 있다. 엄마는 집안의 규율을 무시하고 자기 마음대로인 딸이 탐탁지 않다. 그런데 난 이 장면을 보면서 공감하고 있었다. "맞아! 화가 나면 화를 내야지." 혼잣말을 하면서 말이다. 드라마 속 딸의 캐릭터는 좋으면 좋은 대로, 싫으면 싫은 대로 참지 않고 바로바로 표현하는 그야말로 감정표현을 스스럼없이 하는 성격이었다. 가끔 생각해 본다. 자기감정을 여과 없이 표현하면서 사는 사람들은 얼마나 삶이 편할까에 대해 말이다. 적어도 표현하지 않아서 생기는 가슴의 응어리는 품고 살지 않을 테니.

하지만 현실은 이와 다르다. 자신의 감정을 다 표현하면서 살다가는 손해를 볼 수도 있다고 생각한다. 그래서 자신의 감정을 최대한 숨기면서 살려고 노력한다. 사회도 이성을 강조한다. 어떤 상황에서든 감정적으로 대응하지 말고 이성적이어야 한다고 말한다. 우리는 어떤 상황에서, 그리고 사람에게 매번 감정이란 것을 느끼면서 살아가지만 잘 표현하진 않는다. 느껴지는 감정에 충실하기보다 왜 그런 감정이 생기는지 감정의 원인을 분석하느라 바쁘기 때문이다. 하지만 자기감정에 솔직해지는 것이 삶을 건강하게 유지하는 방법 중 하나다. 표현하지 않고 쌓아놓는 감정은 터지는 순간이 오기 마련이기 때문이다. 그러니 평소 작은 것에도 감정표현을 스스럼없이 할 줄 알아야 한다.

감정에는 기쁨, 슬픔, 행복, 괴로움, 고통, 우울, 분노, 화남 등의 여러 가지 종류가 있다. 나는 내가 느끼는 감정에 민감

했지만 그 감정을 잘 표현하지 않았다. 특히 사람에게 느껴지는 감정에 예민했다. 상대방이 나에 대해 부정적인 말을 하거나 무시하는 말을 할 때 등이다. 우리의 감정은 나와는 상관없는 사람에 의해 상처를 받거나 나빠지지 않는다. 가까운 사람의 말 한마디에 감정이 안 좋아진다. 그 상황에서 고민한다. 좋은 게 좋은 거라고 이대로 덮어둘 것인가. 아니면 그 감정을 꺼내 놓아야 할 것인가. 나는 그러려니 하고 참고 넘어간 적이 많다. 문제를 만들기 싫어서다.

문제를 만들기 싫어서 표현하지 않은 사소한 감정은 넘긴다고 해서 그냥 넘어가는 것이 아니었다. 표현하지 않으면 상대방이 전혀 내 마음을 알 길이 없다. 그리고 같은 말과 행동을 계속하는 것이다. 계속 반복되는 상황 속에서 자신의 감정만 더 안 좋은 쪽으로 증폭된다. 만약 상대방의 어떤 행동이나 말 혹은 그밖에 이유 때문에 자신의 감정이 불편함을 느낀다면 명확하게 말할 수 있어야 한다. 그래야 상대방도 나에게 조심하고, 나도 더 이상 나쁜 감정의 노예가 되지 않게 된다. 명확하게 말로 표현하는 순간 마음이 가벼워지기 때문이다. 추측하다가 감정이 안 좋아지는 것을 막을 수 있다. 자신의 감정을 당당하게 말할 수 있다는 것은 축복이고 꼭 그래야 한다.

하지만 감정을 스스럼없이 드러내라고 해서 무턱대고 하면 안 된다. 그 안에서 지혜를 발휘해야 한다. 최대한 부드럽게, 알아차리기 쉽게 말이다. 표현하지 않던 감정을 표현하려 하면 잘 되지 않을 것이다. 여행은 감정표현을 훈련할 수 있는 절호의 기회다. 여행 중에는 다양한 감정과 마주하고, 자신의 감정에 집중할 수 있기 때문이다. 특히 누군가와 함께하는 여행에서는 더더욱 필요하다.

서로 깊어지지 않은 관계에서 가는 여행은 조심하게 된다. 그래서 오히려 더 좋을 수 있다. 하지만 친한 관계는 오히려 여행 중에 감정이 다쳐서 올 수도 있다. 친한 사이는 서로에게 기대감이 있어서다. 말하지 않아도 내 마음을 알고 상대방이 알아서 해줄 것 같은 기대감 말이다. 여행에서는 예상치 못한 상황에 다양한 감정을 마주한다. 친한 사람이 감정을 여과 없이 드러낼 때 서로에게 상처가 될 수도 있기 때문이다.

오랜만에 친구와 간 여행에서 난 불편한 감정을 느낀 적이 있다. 예전에는 유머로 받아들인 말들이 불편하게 느껴지기 시작했다. 친구는 종종 나의 먹는 모습을 가지고 유머 있게 말하곤 했다. 예전에는 그 말이 기분 나쁘게 들리지 않았었다. 그런데 더 이상 그 말은 나에게 유머로 들리지 않았다. 그리고 배려를 먼저 하던 친구였는데 어느 순간 자기 것을 먼저 챙기는 모습을 보았다. 그럴 수도 있다. 그것까지는 이해했는데 나에게 명령하듯 하는 말투는 기분을 굉장히 상하게 했다. 나는 여행이니까 이 순간만 잘 넘기면 된다는 생각으로 참았다.

일상에서는 괜찮을 줄 알았다. 그런데 이상하게 친구를 만날 때마다 불편한 감정만 커져갔다. 어떤 행동 속에서 친구의 얄미운 의도가 보이기 시작했고 나는 굉장한 서운함을 느꼈다. 하지만 말로 표현하지 않았다. 전에는 대수롭게 생각하지 않은 행동도 퍼즐처럼 맞춰지는 것 같았다. 그렇게 점점 친구와 멀어져갔다.

JTBC에서 방송한 〈효리네 민박〉이란 프로그램을 즐겨봤다. 재미있었던 것은 이효리와 아이유의 상반된 성격이었다. 아이유는 평소 자신이 "감정을 표현하는 것에 어려움이 있다. 표현을 해도 상대방에게 전해지지 않는 것 같다"며 이효리에게 말했다. 이효리는 아이유와는 정반대로 자신은 표현을 많이 하는 편이라고 했고, 서로 다른 성향에 대해 이야기를 나눴다. 깊은 대화를 이어가던 이효리는 "지금부터 나는 말을 줄이고, 너는 조금 더 하자"고 말했다.

그 장면을 보면서 나는 친구가 생각났다. '내 마음속에 있는 것들을 솔직하게 말하면 될 텐데 왜 그렇게 참고 있었을까? 뭐가 두려워서?'라는 생각이 들면서 내 감정을 진솔하게 친구에게 말해야겠다고 생각했다. 그때그때의 감정을 표현하지 않으면 그 감정 때문에 내가 더 힘들어진다. 더 이상 만나지 않을 친구라면 상관이 없다. 하지만 계속 만날 친구라면 느낀 감정을 스스럼없이 표현하는 것이 중요하다.

나는 친구와 대화하면서 조심스럽게 내가 느낀 감정을 표현했다. 그랬더니 친구는 나의 말을 받아들이고 자신이 인지하지 못했던 부분이라면서 앞으로 조심하겠다고 했다. 그리고 말해줘서 고맙다고 했다. 나는 말을 내뱉음과 동시에 그동안 불편하게 생각했던 친구의 행동에서 자유로워질 수 있었다. 표현은 중요하다. 표현과 동시에 내 안에 가지고 있던 불편한 감정이 다른 사람의 몫으로 바뀐다. 내가 굳이 가지고 있지 않아도 되는 짐이다.

평소 나의 감정에 집중하자. 감정을 느끼는 원인 분석을 하는 것이 아니라 그 감정 그대로 받아들이고 이해해주자. 감정에 집중하려면 그 감정을 일으킨 상대가 아니라 본인에게 질문을 던져야 한다. 남의 감정만 존중해줄 것이 아니라 내 감정도 존중해 주자. 그리고 표현하자. 지혜롭게. 스스럼없이. 조금은 더 홀가분한 인생을 살 수 있을 것이다.

04

휴식에 대한 죄책감을 버려라

어린 시절부터 나는 '가만히 있는 상태'를 못 견뎌 했다. 그래서 항상 분주하게 할 거리를 찾아 나섰다. 항상 뭘 하고 있는 나에게서 존재의 의미를 발견했다. 그러지 않으면 내가 쓸모없는 사람 같았다. 무척이나 부지런한 부모님 아래서 자란 삶의 폐해라고나 할까. 그런 습관은 20대까지 이어졌다. 그래서 항상 분주하게 뭔가를 배우러 다녔고, 사람들을 만나러 다녔다. 뭔가를 하고 있지 않은 나는 상상할 수 없었다. 그리고 뭔가를 하고 있지 않으면 초라해 보였다. 그때까시만 해도 그렇게 살아야만 하는 줄 알았다. 쉬고 있으면 뭔가 죄책감이 느껴졌다.

어느 날, 친구가 나에게 이런 말을 했다.

"왜 이렇게 분주하게 살아? 아무것도 안 하고 있는 시간도 필요한 거야."

"난 아무것도 안 하고 있으면 불안해."

"그것도 일종의 병 아닐까? 너무 아무것도 안 하는 것은 문제가 있지만, 너무 정신없이 사는 것도 문제가 있는 거야. 휴식할 줄도 알아야지."

휴식이 주는 묘미를 몰랐었다. 휴식을 취한다고 하지만 진정한 휴식은 아니었다. 그 와중에도 책을 읽거나, 밀린 일들을 처리하고 있는 나를 발견했다. 아직도 진정한 휴식의 상태를 견디지 못하는 것이다. 하지만 온전한 휴식을 위해 노력했다. 일부러 아무것도 하지 않는 상태에 익숙해지려고 노력했다. 희한하게도 휴식 상태에서 오히려 보이지 않던 것들이 보이기 시작하고, 새로운 아이디어가 생기는 경험을 할 수 있었다.

진정한 휴식이 필요하다고 느낀 것은 최근이다. 나는 그동안 열심히 산다고 살았는데 최종 결과물이 없었다. 그냥 바쁘게만 살고 거기에서 위안을 받고 살았던 것이다. 그런데 오히려 휴식을 즐기고 자기만의 시간을 보내던 친구들이 지금 자신의 삶을 오롯이 잘살고 있었다. 그때 내 인생에 대해 다시 생각하게 됐다. 그리고 나에게 휴식을 줘야겠다고 생각했다.

일을 열심히 하고 피곤해서 쉬어야 하는 노동의 휴식도 물론 중요하다. 그렇게 우리는 휴식을 통해 재충전을 하고 다시 일을 할 수 있다. 하지만 노동의 휴식보다 더 중요한 건 감정의 휴식이다. 일상 속에서 감정은 얽히고설켜 더 피곤한 삶을 만든다. 육체가 피곤한 것은 쉬어주면 되지만 감정이 피곤해지면 아무 일도 못하게 되고, 속수무책이 된다. 몸만 쉬는 것이 아니라 내 머릿속에 있는 걱정과 근심을 모두 놓고 쉬어야 한다는 이야기다. 그때 진정한 휴식이 가능하다. 그리고 그때 인생에서의 새로운 관점이 생긴다. 우리의 삶을 옭아매는 대부분은 일과 가족, 사랑, 관계에 대한 걱정일 것이다. 그런 걱정들로부터 벗어난 휴식이 필요하다.

그 와중에 여행이 최고의 휴식일 수 있는 이유는 어쨌든 일상과 동떨어질 수 있기 때문이다. 일상에서는 감정이 온전히 휴식하는 것을 경험하기 힘들다. 익숙한 장소에서는 꼬리에 꼬리를 무는 과거의 일들이 생각나 그것들로부터 탈출하기 힘들다. 어쨌든 낯선 환경을 만나야 새로운 생각을 할 수 있다. 그리고 낯선 환경에 있어야 나와 친해질 수 있는 시간이 확보된다. 그렇게 새로운 나로 거듭날 수 있다. 낯선 환경이 주어져야 익숙한 생각과 걱정을 버릴 수 있다. 그래서 우리는 휴식을 하기 위해 여행을 떠나는 것이기도 하다.

여행하면서 북유럽에서 온 여행자들이 제일 부러웠다. 한국 사람들은 일을 그만둬야 3개월이 넘는 장기여행을 할 수 있다. 하지만 북유럽에서 온 친구들은 3개월간 휴가를 쓸 수 있다고 했고 그렇게 여행을 많이 한다고 말했다. 그리고 여행을 하고 다시 일터로 돌아갈 수 있다. 우리는 직장에 다니면서 기껏 4~5일 정도만 휴가를 낼 수 있고 2주가 넘어가면 눈치를 보게 되는데 말이다. 우리는 휴식에 대해 불안해하거나 죄책감을 갖지 말아야 할 것이다. 충분히 열심히 살고 있고 마음껏 휴식을 누릴 수 있는 자유가 있는 사람이기 때문이다.

휴식하는 시간 중에 진정 내 삶에서 무엇에 집중해야 하는지가 보인다. 일상에서는 먼저 처리해야 하는 일들에 급급했다면 휴식 중에는 우선순위에 대한 명확한 기준이 생긴다. 그리고 굳이 내가 하지 않아도 될 일을 구분하기 시작하며, 그런 일들 때문에 감정과 에너지를 낭비하지 않기로 한다. 휴식은 좀 더 명확한 삶의 기준을 갖게 한다.

여행에서 온전히 휴식을 하고 오면 일상에서 적응하지 못할까 봐 걱정하는 사람들이 있다. 여행지에서 일상을 걱정하고, 일상에서 여행을 걱정하는 것만큼 어리석은 것은 없다고 생각한다. 여행을 갈 때는 온전한 휴식이 가능한 상태를 만들어 놓고 가야 한다.

나는 영어 학원을 운영할 때 홍콩과 마카오 여행을 4박 5일 동안 다녀왔다. 하지만 그때 온전히 일을 놓고 가지 못했다. 그 곳에서 학부모들의 전화를 받아야 했고, 상담을 해야 했다. 그 러면 온전한 휴식이 되지 못한다. 이도 저도 안 되는 시간들이 된다. 그럴 바에는 그냥 일상에서 일을 처리하고 일과 후에 전화를 꺼놓고 혼자만의 시간을 가진다는 식으로 온전한 휴식을 취하는 쪽이 더 낫다.

휴식은 더하기를 하면서 켜켜이 쌓인 나의 삶에 빼기를 하면서 무게를 덜어가는 일이다. 일과 관계 등 모든 것으로부터 말이다. 빼기를 하는 삶은 군더더기가 없다. 건강하고 날씬한 삶을 유지할 수 있다. 그런 삶은 항상 가뿐한 기분이 들게 한다.

인간관계에서도 이런 감정의 휴식 시간이 필요하다. 나는 관계지향적인 사람이라 감정적인 문제로 에너지를 많이 소비하는 편이다. 나 같은 사람일수록 감정의 소모를 줄여 나가려면 인간관계를 잠시 휴식해야 한다. 그리고 이런 훈련은 수많은 사람과의 관계 속에서도 진실한 사귐을 가능하게 한다.

이제 나는 휴식 시간을 가져도 불안하지 않다. 삶에서 뒤처지는 느낌이 들지 않는다. 그건 휴식을 통해 진정한 나를 만났기 때문이다. 그리고 진정한 내 삶을 살아가고 있기 때문이다. 난 항상 감정의 휴식 시간을 갖는다. 요새 하는 일 중에 아침 산책이 제일 좋다. 전에는 이런 시간마저 활용하려고 음악을 듣거나 했는데 이제는 온전히 휴식하는 시간으로 만든다. 그리고 온전히 나에게 집중한다. 쉼이 있어야 달려 니길 힘을 얻는 것이다.

많은 죄책감이 있지만 우리나라 사람은 유독 휴식에 대한 죄책감이 심하다. 나도 그중 한 사람이었다. 하지만 이제는 휴식을 온전히 누릴 수 있게 되었다.

진정한 휴식을 많이 누릴 수 있는 사람이 더 많이 성장한다는 것을 기억했으면 한다. 휴식은 열심히 살아 온 당신이 마땅히 누려야 하는 보상이고, 꼭 필요한 일이라는 것을 명심하자. 그리고 그런 휴식 시간이 왔다면 나를 최고로 대우해 주고, 누려 보자. 우리는 그래도 마땅한 사람들이다.

05
_____

여행을 하면 꿈은 자연히 진화한다

나는 꿈에 대해 질문하는 것을 좋아한다. 사람들을 만날 때
면 어김없이 꿈에 대해 물어본다. 10대를 만나고 20대를 만나
도 50대를 만나도 그렇다. 질문했을 때 낯설어하는 사람들이
있는 반면에 바로 대답하는 사람도 있다. 바로 대답할 수 있는
사람은 평소 자신의 꿈에 대해 많이 생각하고 있는 사람이라
생각한다. 꿈이 있는 사람과 대화하는 건 언제나 즐겁다. 꿈을
이야기하는 사람의 눈빛은 살아 있다. 내 마음에 전율이 느껴
지고, 덩달아 행복해진다.

꿈에는 여러 가지 뜻이 있다. 내가 말하고 싶은 것은 실현하
고 싶은 희망이나 상상에 대한 것이다. '꿈'이라는 건 반드시 있
어야 하는 필수요소가 아니다. 꿈이 없어도 현실에 만족하며

행복한 삶을 사는 사람들도 많다. 하지만 나처럼 꿈을 먹고 사는 사람도 있다. 그런 사람에게는 꿈을 잃어버리는 것이 생명을 잃어버리는 것과도 같다. 꿈이 없을 땐 죽어가는 인생을 살기 때문이다.

어느 날, 기업을 이끌어 가는 사람들의 모임에 우연히 참석했다. 사회적 기업 프로그램 모임이었다. 어떤 청년이 자신이 앞으로 해볼 사업 아이템에 대해 장황하게 설명을 했다. 자신의 경험과 꿈을 접목해서 사람들에게 발표한 것이다. 그런데 거기서 어떤 아저씨가 대뜸 이렇게 말씀하셨다.

"그건 절대 안 돼! 꿈만 먹고 사네! 현실을 봐야지!"

하시면서 자신에 대한 자랑을 이어가신다. 어렸을 때 일찍 사업을 시작해서 돈을 어느 정도 모아놓고 서울에서 사업을 하다가 지금은 시골로 내려오셨다고 한다. 가족도 없이 혼자서. 그리고 두 딸이 있는데 아파트 한 채씩 해줬다며 자기 인생은 성공한 인생이라고 하셨다. 인생은 꿈만 먹고 살 수는 없는 거라고 말하셨다. 그 아저씨는 자신이 경험한 것이 전부인 것처럼 말씀하셨다. 아마도 그 아저씨는 꿈이 뭔지도 모르고 꿈을 꿔본 적이 한 번도 없을 것이다. 자신이 성공한 인생이라고 말씀은 하셨지만 뭔지 모를 쓸쓸함이 묻어났다.

어떤 사람들은 꿈은 허황된 것이라고 생각한다. 저 아저씨처럼 말이다. 더 넓은 곳을 보지 못하고 자신의 고만고만한 인생에서 최선을 다해서 살아온 사람은 저렇게 말할 수 있다. 하지만 자신의 삶에 빗대어 꿈을 갖는 사람에게 저렇게 말해서는 안 된다. 꿈을 꾸고 그것을 현실로 실현하는 사람도 분명 있으니까……. 꿈을 꿈으로만 남겨놓지 않고 실행력과 지구력을 동반했을 때 가능한 이야기긴 하지만 말이다. 그리고 꿈이 자주 바뀐다고 뭐라고 하지도 말아야 할 것이다. 소소한 꿈들은 이루고 또 다른 꿈을 가지게 된 걸 수도 있으니까. 각자가 생각하는 꿈의 크기는 다 다르니까 말이다.

예전에는 꿈이라고 하면 대부분 사회적으로 멋져 보이는 일, 돈을 많이 버는 일 정도였다. 어느 정도 사회 경험을 하다 보면 그 꿈도 바뀌게 된다. 아무리 좋아 보이는 일이라도 직접 경험해 보면 나와 맞지 않는 일일 수도 있기 때문이다. 반면에 내가 무시하던 일이지만 해보니 정말 즐겁게 할 수 있는 일일 수도 있다. 경험해 봐야만 알 수 있는 것들이다. 경험해서 나를 알게 되고, 거기에 아이디어가 더해져 꿈이라는 것에 옷을 입혀 가기도 한다. 내가 할 수 있는, 그리고 나에게 어울리는 꿈으로 자연스럽게 진화된다는 이야기다.

어린 시절 나의 꿈은 매번 바뀌었다. 그리디 빙송 삭가의 꿈을 꾸게 되었다. 라디오 방송을 하면서 프로그램 게스트로 출연한 한비야 씨를 만나면서 여행은 참 사람을 멋지게 늙게 만든다는 생각을 했다. 한비야 씨는 세계 여행을 하면서 긴급 구호 활동에 힘쓰고 거기에 자신이 공부할 게 생기면 주저 없이 실행에 옮기면서 살고 계셨다. 여행을 통해 자신의 꿈을 진화시키는 삶을 보고 들으면서 가슴이 뛰는 걸 느낄 수 있었다.

그때까지만 해도 나는 해외로 여행을 다녀본 적이 없었다. 그저 나의 로망이었다. 그렇게 난 여행이라는 꿈을 꾸게 됐다. 꿈이 현실이 되면 더 이상 꿈으로서의 자격은 상실된다. 난 여행이라는 꿈을 이루면서 많은 사람들을 만나고 많은 것들을 보며 나의 꿈을 확장시켜 나갔다. 그리고 그것을 하나씩 이루는 삶을 살고 있다. 아주 소소한 꿈이긴 하지만.

꿈은 꿔야 이룰 수 있는 것이다. 그런데 거기에 여행이 보태지면 많은 아이디어가 생기면서 실현할 수 있는 힘이 커지는 것도 사실이다.

세계적인 기업으로 성장한 탐스(TOMS) 이야기를 들어 봤을 것이다. 블레이크 마이코스키라는 미국의 한 청년은 2006년 아르헨티나를 여행한다. 여행을 하던 중 많은 아이들이 맨발로 수 킬로미터를 걸어 다니는 것을 보았다. 신발이 없어 여러 질병에 노출되어 있는 것을 염려하며 이들에게 도움을 줄 수 있는 방법을 고민하다가 여행 중 편하게 신던 아르헨티나의 민속화 알파르가타에서 영감을 얻은 신발을 만들었다. 이것이 한 켤레가 팔릴 때마다 신발 없는 아이들에게 한 켤레를 기부하는, '내일을 위한 신발(Shoes for TOMorrow)'이라는 의미의 탐스를 만든 이유였다고 한다. 나눔의 철학으로 많은 사람들로부터 사랑을 받아 아르헨티나로 가서 신발을 기부하고, 2011년에는 기부 여행지인 남아공에서 앞을 못 보는 어려움을 겪는 사람들을 목격하면서 신발 사업 외에 이들에게 시력을 되찾아주는 운동을 하기 시작했다. 뿐만 아니라 2014년에는 탐스 카페(TOMS Cafe)를 통해 깨끗한 물을 공급하기 시작해, 더 이상 신발 브랜드가 아닌 원포원(One for One, 하나를 사면 하나를 기부하는) 기부 브랜드가 되었다. 세상에 변화를 주고자 하는 젊은 이들에게 영감을 주며 살아가는 블레이크 마이코스키는 여행을 통해 꿈을 진화시키며 이뤄가는 대표적인 인물이 아닐까 생각한다.

같은 여행을 하더라도 어떤 사람은 그냥 스쳐 지나간다. 하지만 어떤 사람은 한 장면에서도 아이디어를 발견한다. 그 사소함은 나중에 큰 차이를 만들어 낸다. 그리고 무엇보다 남을 먼저 생각하는 이타적인 마음에서 시작되는 꿈은 마음을 따뜻하게 만든다. 그리고 더불어 내가 행복해진다. 꼭 이렇게 거창한 일이 아니어도 여행을 하면 자신의 마음의 소리에 더 귀를 기울이게 된다. 그러면서 자신을 알아가게 된다. 그러다 보면 작은 것이라도 소망하는 게 생긴다. 그게 비로 꿈으로 연결된다. 꿈을 발견하는 순간 그것을 이룰 방법을 고민하기 시작한다. 그러면 필요한 사람이 연결된다. 꿈을 이루는 순간 그건 또 누군가의 꿈이 될 수도 있다. 그리고 하나의 꿈을 이루면 다른 꿈을 또 꾸게 된다. 꿈을 이루는 방법을 이미 알았기 때문이다.

스페인에서 순례길을 걸으면서 어떤 게스트하우스 운영자의 사연을 들었다. 도네이션으로 운영되는 게스트하우스였다. 바르셀로나에서 살던 그녀는 어느 날 암 선고를 받고 자신의 인생이 얼마 남지 않았다는 것을 알게 되었다. 그래서 하던 일을 그만두고 여행을 떠나 순례길을 걸었다. 그 길을 걸으면서 서원을 했다. 만약 자신이 건강을 되찾아 살게 된다면 바르셀로나에 있는 집을 팔고 순례길에 게스트하우스를 지어 봉사하면서 살겠다고. 순례길을 걷는 사람에게 꿈과 희망을 주는 사람으로 살겠다고. 그리고 돌아갔는데 거짓말처럼 나아서 서원한 대로 이곳에서 봉사를 하면서 살고 있다.

여행은 이렇게 삶을 바꾸고 꿈을 진화시킨다. 뭔가를 이루기 위한 큰 꿈도 중요하지만 최고의 꿈은 각자가 세상에 태어난 소명을 깨닫고 나다운 삶을 살아가는 게 아닐까. 세상 사람들의 시선에 맞춘 꿈이 아닌 오롯이 자신에게 귀를 기울여서 찾은 꿈을 이루는 것. 거기에 간절함이 있다면 행동하는 것이다. 그렇게 자신의 꿈을 진화시켜 나가면서, 눈빛이 살아 있는 삶을 사는 것! 그것이 각자가 지구라는 별에 온 목적이 아닐까 생각한다.

06

가끔은 나에게 '사치'를
부릴 줄도 알아야 한다

여행을 하면서 우리는 소비에 대한 고민을 계속한다. 돈을
얼마나 쓸 것인가에 따라 여행 스타일이 달라지기 때문일 것이
다. 어떤 숙소에 머무를 것인가부터 무엇을 먹을까 하는 것까
지, 예산에 따라 어떤 여행을 할지가 결정이 된다.

20대 때 여행의 키워드는 '절약'이었다. 최소한의 돈으로 많
은 것을 보기 위해 노력한다. 20대 때는 시간에 비해 돈이 많지
않은 시기기 때문이다 여행을 하는 방법도 몰랐다. 그냥 가이
드북에서 시키는 대로 따라다니며 유명 관광지에서 사진을 남
기는 정도의 여행이었다. 볼거리, 할 거리, 먹거리를 위해서 숙
소에 들어가는 비용을 아껴야 했다. 어디서 자느냐가 중요한

게 아니라 얼마에 머무느냐가 중요했던 20대의 여행이었다. 그리고 어떤 장소에 가서 나의 오감을 살려 오롯이 나의 느낌을 가지기보다 사람들이 대부분 느끼는 천편일률적인 감정을 느끼느라 바빴다. 그런 기분이 들지 않으면 도태될까 무서워 감정을 종용하곤 했다. 그리고 여행을 다녀와서는 짧은 기간에 몇 개국이나 돌았다며 스스로를 칭찬하곤 했다.

호스텔은 저렴하면서 세계 각국에서 온 친구들을 만날 수 있는 최적의 장소다. 그런 만큼 에피소드도 많이 생긴다. 유럽 여행을 할 때였다. 독일 프랑크푸르트에서 24인실에서 머문 적이 있다. 다른 곳에서 머물다가 급하게 단 하루 머무는 일정이었다. 나를 제외한 모든 사람이 남자였기에 나는 거기서 제대로 씻을 수도, 짐을 풀 수도 없었다. 그래서 그냥 그대로 옷을 입은 채 침대에 누워 밤이 빨리 지나가기만을 바라며 아침을 맞았다. 그리고 동이 트는 것을 느끼자마자 재빨리 나와 공용 공간에 나와 있었다. 이건 한 예일 뿐이고, 더 불편했던 에피소드도 많다. 호스텔을 다니면서 이런 저런 경험을 하다 보니 숙소에서 잠을 잘 자지 못하면 그 다음 날 어떤 영향을 미치는지 몸소 체험할 수 있었다. 숙소는 몸만 뉘이면 된다는 나의 생각이 이런 경험 때문에 완전히 뒤바뀌게 되었다.

이렇게 '여행'이란 것도 경험에 따라 함께 나이를 먹는다. 아무리 주변에서 말해 줘도 내가 직접 경험하고 느껴 봐야 한다. 그렇게 여행에서도 나만의 색깔을 갖게 되었다. 치기 어린

20대에 했던 여행의 경험들을 가지고 나에게 맞는 여행을 디자인해 나간다. 일을 하는데 경력이 중요한 것처럼 여행에서의 경력도 다음 여행을 해나가는 면에서 중요하다. 30대 때는 '가치' 부분을 고민하기 시작한다. 무조건 절약하기보다 나에게 의미 있는 일이면 재지 말고 과감히 소비하고 도전해 보는 것이다.

사람마다 중요하게 생각하는 가치는 다르다. 그 가치는 어떤 사물이 될 수도 있고, 내가 봐야 하는, 해야 하는 어떤 것이 될 수도 있다. 또한 내가 그 나라에서 꼭 먹어야만 하는 음식이 될 수도 있다. 여행을 하다 보면 그때가 지나면 하지 못하는 것들이 많다. 여행은 유한성이 있기 때문이다. 그때는 과감하게 그 가치를 소비하자는 말이다. 두고두고 생각나서 후회하는 일이 없도록. 내가 생각하는 '가치'에 소비할 수 있는 것은 축복이다. 그리고 스스로를 대접하는 일이다. 스스로를 대접하는 사람은 남들에게도 그런 대접을 받게 된다. 나도 이렇게 생각할 수 있기까지 꽤 시간이 걸렸다.

쿠바와 멕시코 칸쿤을 여행할 때였다. 카리브해의 낭만이 깃든 바다가 아름다운 곳이다. 휴양지인 만큼 올인클루시브(All inclusive) 호텔들이 많이 발달해 있다. 올인클루시브는 보통 고급호텔이나 특히 리조트형 호텔에서 모든 것, 즉 식사 · 음료 · 레저를 제공하고 그것을 비용에 포함했다는 뜻이다. 호텔 안에서 모든 서비스를 누릴 수 있다. 쿠바 '바라데로'라는 곳에 있는 올인클루시브 호텔을 예약해서 갔었다. 2박 3일 동안 호텔에서 쉬면서 수영하고 싶을 땐 수영하고, 시간 되면 식사하고, 호텔에서 하는 액티비티들에 참여하면서 재미있게 잘 지내다 왔다. 바라데로의 올인클루시브 호텔은 가성비가 참 좋았다는 생각이 든다.

그리고 멕시코 칸쿤에 갔는데 거기서도 올인클루시브 호텔이 유혹해 왔다. 그런데 쿠바와 10배나 차이가 나는 금액이었다. 장기 여행을 하고 있는 입장에서 그 돈을 소비한다는 건 너무 큰 사치일 수 있었다. 칸쿤 올인클루시브 호텔은 나중으로 미뤄둘까도 생각했지만 자꾸 마음에서 하라고 시키고 있었다. 그래서 과감하게 소비했다. 그게 여행을 하면서 나에게 준 최고의 보상이었고 '사치'였다.

그때 엄마와 여행하고 있었다. 그리고 우리는 우리가 소비한 것에 대해 행복감을 충분히 느꼈다. 엄마는 올인클루시브 호텔에서 최고의 대우를 받으며 "행복하다"를 백 번 정도 말씀하셨다. 엄마에게 이런 기분을 느끼게 해드릴 수 있어 나도 덩달아 기분이 좋았다. 그리고 그동안 잊고 살던 엄마의 소녀 감성이 깨어났다. 비록 단 며칠 동안 느끼는 기분이고 찰나이긴 해도 이 행복했던 순간들이 쌓여 우리의 인생을 이뤄간다. 우리가 여행에서, 그리고 인생에서 그 찰나의 순간을 많이 만들며 살아가야 하는 이유다.

가끔 나에게 주는 '사치'가 이성적으로 부담이 될 수도 있다.

하지만 가슴이 계속 시킨다면, 그럴 때는 과감히 소비에 어떤 '정당성'을 부여해 줘야 한다. 그러면 더 기분 좋게 누릴 수 있기 때문이다. 나는 이 방법을 추천한다. 여행을 하다 보면 여러 가지 예상치 못한 일이 생긴다. 뭔가를 잃어버린다거나 일정이 변경되거나 하는 등의 여러 가지 변수들이 생긴다. 그럴 때 나를 자책하기도 하지만 마음대로 일이 되지 않을 때는 자책하기보다 선물을 주자. 스스로에게 고생했다고 말해 주면서. 여행을 하다 보면 자신도 모르게 스스로에게 소홀하게 대하는 경우가 많기 때문이다.

그리고 여행지는 다시 돌아올 수 없는 곳이다. 뭔가 마음에 드는 물건을 발견해서 살까 말까 고민이 된다면 그냥 사라고 말해주고 싶다. 후회하더라도 말이다. 하지만 안 산 것을 후회해도 산 것을 후회하지 않을 것이다. 사람들은 이미 가진 것에 대해서는 쿨한 태도를 보인다. 사고 싶은 건 일단 사야 한다. 그리고 쓰면서 내가 느껴야 한다. 그러다 보면 내가 다음에 어떤 물건을 봤을 때 사야 하는지 안 사야 하는지 빠르게 판단할 수 있다. 웬만하면 여행지에서는 자신을 너무 억누르지 말고 다 하자는 이야기다. 그 물건은 두고두고 추억이 된다.

우리가 익숙한 곳을 떠나 여행하는 이유는 스스로를 대접하기 위함이다. 그리고 사랑을 받을 만하고, 이 모든 것들을 누릴 만한 자격이 있기 때문이다. 여행하면서 항상 잊지 말아야 할 사실이다. 그리고 일상에서는 과감하게 하지 못하던 것을 여행지이기 때문에 할 수 있는 것이다. 여행에서 돌아와서 후회하는 것은 '해본 일'이 아니라 '해보지 못한 일'이다. 그동안 살아오느라 수고한 보답으로 '사치'를 부릴 줄도 알아야 한다. 스스로에 대한 보상이 될 수도 있다. 그리고 그 보상을 받으면 기분이 정말 끝내준다. 여행뿐 아니라 일상 속에서도 나에게 부리는 '사치'는 내 마음을 풍족하게 해줄 뿐 아니라 나를 좀 더 고귀하고 존귀한 사람으로 대하게 해준다. 그리고 일에 대한 능률도 좋아진다.

조금 아끼자고 원하는 것을 포기하지 말자. 타인이 아닌 항상 자신을 최우선 순위에 두고 살자. 남이 나를 대우해 주길 바라지 말고 오늘부터 나 자신을 대우해 주는 것이 어떨까? 가끔 나에게 부리는 '사치'는 내가 나에게 해줄 수 있는 최대한의 대우이자 보상이다.

07
_____

일 년에 한 번은 '정리의 날'을 실천하라

남미 여행을 할 때였다. 나는 브라질에서 시작해 위쪽으로 올라가는 여정을 선택했다. 브라질에 도착한 지 얼마 되지 않아 산꼭대기에 있는 예수 상을 보러 가다 어떤 여행자를 만났다. 멕시코에서 여행을 시작해 브라질까지 내려오면서 여행을 한 그 친구는 멕시코에서 에어비앤비로 숙소를 구했다고 했다. 에어비앤비는 세계 최대의 숙소 공유 사이트다.

그는 배가 고파서 잠깐 밥을 먹으러 밖에 나갔다가 숙소로 돌아와 보니 가방과 지갑이 없어졌다고 했다. 여권도 없어졌단다. 이 모든 일은 밥 먹으러 나간 10분 사이에 발생한 일이란다. 아무래도 방을 임대해준 사람과 연관이 있는 것 같다고 했다. 하지만 그 친구는 방에 들어갔을 때 도둑을 만나지 않은 것에 감사하다고 했다. 그러면 목숨까지 위협받았을 수 있었던 일이라고 하면서 말이다.

장거리 여행에서는 보통 기차를 탈 때 가방을 많이 훔쳐간다. 그리고 버스 터미널이나 길에서도 잠깐 딴짓하는 사이에 가방을 잃어버리는 사례가 많다. 특히 위험하다는 남미 여행이었다. 이건 신종 사기 수법 같았다.

그에게 물었다.

"그 상태로 어떻게 멕시코에서 이곳 브라질까지 여행을 했어? 나 같으면 바로 집으로 돌아가고 싶을 것 같아."

"세계여행을 한다고 마음을 먹었고, 여권은 다시 발급받으면 되고, 속옷이랑 옷은 사면 되고, 돈은 친구한테 급한 대로 조금씩 보내달라고 하고. 생각보다 여행하는 데 많은 짐이 필요 없어. 그리고 오히려 짐이 없어지니 편하네. 더 이상 잃어버릴 물건이 없으니 더 마음 편하게 여행할 수 있어. 가진 게 있으면 잃어버릴까 봐 전전긍긍하다가 오히려 더 못 즐기는 것 같아."

물건을 잃어본 사람만이 안다. 오히려 가진 것이 많은 사람은 그것 때문에 전전긍긍하느라 진작 봐야 할 것을 못 보는 경우도 있다. 인생의 진리였다. 나 또한 처음 여행할 때는 이것저것 필요할 것 같아서 다 싸가지고 갔다가 한 번도 못쓰고 온 물건도 많았다. 그래서 여행을 갈 때는 짐을 최소한으로 가볍게 챙겨간다. 꼭 필요한 물건만 넣어서 말이다.

나 또한 유럽에서 1년을 살면서 캐리어와 배낭 하나로 1년을 버텼다. 신기했다. '이 짐만으로도 1년이란 세월이 살아지는구나. 어쩌면 한국에서 살 때도 캐리어 하나의 짐만 있으면 살 수 있는데 쓸데없이 너무 많은 것을 갖고 사는 것은 아닐까?' 하는 생각이 들었다. 일상으로 돌아와서는 짐을 늘리지 않고 살 거라고 다짐했다. 하지만 또 현실을 살다 보면 내 욕심만큼 물건도 차곡차곡 쌓이는 것을 경험할 수 있다.

심플한 삶을 살고 싶었다. 그래서 내 물건 중 꼭 필요한 것만 남기고 비우기로 했다. 솔직히 자주 비우는 작업을 하면 좋겠지만 시간은 쏜살같이 흐른다. 정말 "어?" 하다 보면 1년이 흘러 있다. 그래서 1년에 한 번은 정리의 날로 정하고, 그 날만큼은 삶의 군더더기를 정리하는 작업을 하기로 했다.

심플한 삶을 만들려면 먼저 옷의 군더더기를 없애야 한다. 여성에게 옷이란 자꾸 사지만 입을 것이 없는 것이다. 그러면서 계속 비슷한 옷을 쇼핑해 나간다. 하지만 매번 입는 옷만 입고 언젠가 입겠지 하면서 옷장에 걸려 있는 옷은 절대 입지 않는다. 1년을 주기로 봄, 여름, 가을, 겨울 사계절을 다 지내보고 1년 안에 한 번도 입지 않은 옷이 있다면 어딘가에 기부하거나 과감히 버려도 된다. 그건 평생 입지 않을 옷이다.

그리고 전에 나는 옷을 여러 종류로 사는 것을 좋아했다. 요일별로 옷을 바꿔 입어야 직성이 풀리는 사람이었다. 하지만 그 성향도 변하나 보다. 요즘에는 나한테 어울리는 옷을 알고 편한 옷만 입는다. 내 스타일을 아니까 이제 아닌 것에는 눈이 가지 않는다. 좋은 현상이다.

아는 언니는 처음에 비싼 옷을 산다. 몇 개월 할부로 산 다음에 옷을 오래 입는다. 처음엔 자신의 분수에 맞지 않게 너무 고가의 옷을 사는 것 아닌가 생각했다. 그런데 그 언니는 여러 벌을 사지 않는다. 딱 자신에게 어울리는 고가의 옷을 오랫동안 입는다. 그리고 할부가 끝나면 또 한 벌을 사면서 그렇게 자신의 명품 옷을 늘려갔다. 처음에는 그 언니가 부자인 줄만 알았다. 하지만 그것도 똑똑한 소비습관이라는 생각이 들었다. 자잘하게 몇 벌을 사고 금방 버리기보다 자기 마음에 드는 명품 옷을 사고 입을 때마다 당당해진다면 그것만으로도 효과는 충분하다고 본다.

옷을 정리한 다음에는 물건도 같이 정리해야 한다. 오랫동안 사용하지 않은 물건은 무엇이고, 자주 사용하는 물건은 무엇인지 분류해봐서 사용하지 않는 물건은 과감하게 버려도 된다.

물건을 정리했다면 이제는 내 삶에 걸림돌이 되는 감정들을 정리해 나갈 차례다. 감정에 걸리는 뭔가가 있는데 해결하지 않고 지속한다면 건강에 좋지 않다. 감정도 계속 관리하면서 나에게 좋은 영향을 주는 것만 섭취해 나가야 한다.

예를 들어, 정신적으로 자신을 누르는 짐 같은 감정 말이다. 내가 원했건 원하지 않았건 내가 짊어지고 가는 타인의 걱정거리나 두려움 같은 부정적인 감정이 있을 수 있다. 나도 모르는 사이에 쌓인 부정적인 감정의 찌꺼기들. 부정적인 감정과 결별하기 위해 자신의 내면을 들여다볼 필요가 있다. 그리고 오랫동안 자리 잡고 있던 아픔이나 슬픔 등의 감정을 치유해야 한다.

자신의 삶을 되돌아보고 정리하면 그 감정은 치유가 가능하다. 그리고 무엇보다 삶에 대해 수고했다고, 잘했다고 스스로 칭찬해 줘야 한다. 과거를 자책하거나 괴로워하지 말고 스스로 놓아주어야 한다. 자신에 대해 다시 생각하면서 가지고 있던 오해나 잘못된 편견을 스스로 정리해 나가야 한다. 그렇게 물건과 감정들을 정리하는 시간을 가질 때 자신의 현 주소를 분명하게 바라볼 수 있다.

물건이 정리되어 있지 않아서 진짜 필요할 때 찾느라 많은 시간을 소비한 경험이 누구나 한 번씩은 있을 것이다. 그리고 당장 필요해서, 가지고 있음에도 불구하고 또 그것을 사게 된다. 그렇게 삶의 짐이 늘어난다. 그러면 정작 집중해야 할 일에 에너지를 쓰지 못하고, 찾는 데 에너지를 소비한다. 감정도 마찬가지다. 그때그때 좋지 않은 감정을 정리하고 깔끔한 마음으로 나아가야 하는데 그냥 쌓아두면 어느 순간 얽혀 폭발하는 시점이 생긴다. 그러면 다른 어떤 것도 하지 못할 정도의 에너지가 필요하다.

정리란 삶의 군더더기를 깨끗이 비워내는 일이다. 꼭 필요한 것만 남겨놓는다는 의미다. 그렇게 삶이 심플해질 때 더 많은 일들을 할 수 있고 더 높은 능률을 낼 수 있다. 그리고 감정도 좋아져서 사람들과의 관계도 좋아진다. 활력 있는 삶을 살 수 있다. 그렇게 일 년에 한 번은 삶을 정리하는 시간을 가져보자.

08

떠난다고 인생은 달라지지 않는다

많은 사람들이 궁금해하는 것이 "떠나면 정말 인생이 달라질까?" "한국이 아닌 곳에서 살면 행복하게 살 수 있을까?" 하는 것이다. 나 또한 그런 질문을 가지고 20대를 살았고, 매번 한국을 떠날 생각만 했다. 한국을 떠나 외국에서 사는 사람의 인생은 뭔가 달라 보였기 때문이다. 그래서 내 마음 깊이 로망이 자리 잡았는지도 모른다. 난 하고 싶은 건 반드시 해야 직성이 풀린다. 그리고 생각하면 반드시 그것을 하고 있다. 그렇게 난 짧은 여행이 아닌 살아보기 위해 영국을 향하여 가고 있었다.

영국으로 가기 전에 한 달가량 독일에서 머물렀다. 그때가 마침 뮌헨에서 세계 맥주 축제인 옥토퍼페스트가 열리는 기간이었다. 이런 기회를 그냥 놓칠 수 없었다. 뮌헨에서 며칠을 머무르다 나는 뉘렌베르크로 와야 했다. 뉘렌베르크에서 새벽 비행기를 타야 했기 때문이다. 그런데 연착돼 밤늦게 뮌헨에서 출발한 기차는 가다 서다를 반복했다. 안내 방송이 나오긴 하는데 독일어로만 말해줘서 무슨 소리인지 하나도 몰랐다. 주변에 동양인으로 보이는 여행자도 없었다. 그러더니 기차는 갑자기 멈췄다. 그리고 사람들이 우르르 내리기 시작했다. 영문을 모르는 나는 사람들에게 물어봤다. 이곳에서 내려서 다른 기차로 갈아타야 한다고 했다. 이미 시간은 자정을 향해가고 있었다. 너무 피곤했고, 갑자기 두려운 마음이 들었다. 그래도 다행히 뉘렌베르크까지 오는 기차를 탈 수 있었다. 늦게 숙소에 도착해 오자마자 씻지도 못하고 그대로 누워 있다가 새벽 4시 정도에 나가 영국으로 가는 비행기를 탔다.

어디를 가더라도 체계적인 정보를 찾기보다 준비 없이 다니는 스타일이었다. 독일에서 한국에 있는 친구와 연락이 닿았다. 친구의 친구가 영국에서 민박집을 하고 있다고 했다. 친구는 그곳을 예약해 주겠다고 했다. 나는 근처의 지하철역 이름만 듣고 민박집을 찾아갔다. 그리고 도착해서 짐도 풀지 않은 채 그대로 쓰러졌다.

일어났을 때는 하루가 이미 지난 뒤였다. 한 방에 있던 사람들과 인사를 했다. 모녀가 있었다. 그 모녀는 이불이 볼록해서 누군가 누워 있는 것 같은데 한 번도 일어나지 않아 걱정했다고 했다. 어디 아픈 것 아니냐고 물었다. 일어났더니 눈이 찢어질 듯이 아팠다. 렌즈를 뺀다고 뺐는데 찢어져서 눈 안에서 굴러다니고 있었던 것이다. 이렇게 아주 극적으로 나의 영국 생활이 시작되었다.

정말 신기했던 것은 추천받아서 온 민박집 앞에 내가 가려 한 대학원이 있었다는 것이다. 그리고 나와 같은 방을 쓴 모녀 중 딸이 그 대학원을 다니려고 잠시 민박집에 머물고 있던 사람이었다는 것이다. 그것도 공연연출과였다. 우연이라고 하기엔 소름이 돋았다. 모든 상황이 나를 위해 준비된 것만 같았다. 내가 친구의 말을 안 듣고 혼자 다른 민박집을 예약했더라면 이런 우연은 없었을 것이다. 끌어당김의 법칙은 분명 존재한다는 말밖에는 할 수 없었다. 어머니는 아프리카에서 선교사를 하셨는데 1년 동안 딸과 함께 영국에서 거주할 예정이라고 했다.

영국 학기는 9월에 시작한다. 그리고 석사는 1년이면 마칠 수 있다. 다만 공부에만 전념해야 한다. 아르바이트는 병행할 수 없을 정도로 수업이 타이트하다. 그 친구와 함께 학교를 다니면서 공연도 보고, 학교 분위기도 익혀 나갈 수 있었다. 난 항상 운이 따르는 사람이라는 생각이 들었다.

내가 떠나지 않고 한국에 머물러 있었다면 이런 기회들이 있었을까? 막연히 동경만 하고 있었을 것이다. 하지만 난 한 발짝씩 내디뎠고, 그 속에서 새로운 만남이 주어졌다. 그리고 그 만남 덕분에 몰랐던 세계를 경험하면서 내가 원하는 게 무엇인지 정확하게 알게 되었다. 떠나기 전에는 막연하게 다가오던 것들이 부딪히고 경험하다 보니 확실하게 보였다.

떠난다고 해서 인생이 180도 달라지는 건 아니다. 하지만 나를 행복하게 하는 일이 무엇인지, 내가 집중해야 할 일이 무엇인지는 적어도 알게 된다. 중요한 건 떠나서 알게 된 것들, 깨달은 것들을 일상으로 가져와서 매일 매일 조금씩 실천하는 것이다. 그때 인생이 달라지기 시작한다.

팀 앨런은 미국에서 가장 성공한 연예인 가운데 한 명이다. 몇 십 년 전에는 지금 같은 모습은 상상할 수도 없을 정도였다. 그는 약물 중독자였고, 감옥에도 다녀온 전과자였다. 지금 그는 자신의 프로덕션 회사를 소유하고 있을 뿐 아니라 자신이 출연할 작품을 직접 고를 수 있을 정도의 인기를 누리고 있는 대스타다.

그는 언제나 세 개의 목록을 만들어 가지고 다니는데, 이렇게 함으로써 목표에 집중할 수 있다고 한다. 첫 번째 목록에는 자신의 인생에서 이루고자 하는 가장 중요한 목표를 기록하고, 두 번째 목록에는 인생의 목표를 이루어내려면 올해에 해야 할 일들을 기록하고, 세 번째 목록에는 인생의 목표를 이루어내려면 오늘 해야 할 일을 기록한다고 한다. 그는 매일같이 오늘 해야 할 일의 목록을 만들고, 그렇게 하는 과정에서 세 개의 목록을 매일같이 읽는데, 이것이 결국은 인생의 목표에 집중할 수 있도록 도와준다고 말한다. 목표에 집중하고, 인내심을 갖고 매일같이 자신이 해야 할 일을 하는 사람은 인생의 승자가 될 수 있다.

어쩌면 그동안의 여행이 즐거웠던 것은, 현실에서 내가 재미있게 해야 할 일을 분명하게 발견하지 못해서일 수도 있다. 이제까지의 여행이 그걸 찾기 위함이었다고 해도 과언이 아니다. 그리고 그 여행을 통해 내가 지구라는 별에 온 분명한 이유와 목적을 찾을 수 있었다. 그건 바로 가장 나답게 만들어 주는 것이다. 그 한 가지의 목적이 분명해지고 나니 일상에서 굉장히 따분하고 지겹게 느껴지던 일들이 재미있어지기 시작했다.

재미있는 일은 바로 이렇게 글을 쓰는 것이다. 그리고 그 이후 나는 매일같이 오늘 해야 할 일 목록을 만들며 실천하고 있다. 팀 앨런처럼 말이다. 나는 방송작가로 일했지만, 글을 쓰는 것이 즐겁지 않았다. 그리고 나의 소명이란 생각도 안 들었다. 그래서 또 다른 뭔가를 열심히 찾아 돌아다녔다. 그 여행의 끝에서 나의 소명은 '글쓰기'라는 것을 알았다. 그리고 그것을 받아들였다. 그 이후 여행을 하지 않아도 일상에서 매일같이 반복되는 일들에서 기쁨과 행복을 충분히 느낄 수 있게 되었다. 결국 행복은 내 안에 있다는 뻔한 원리를 체득하게 된 것이다.

다시 한 번 말하지만 떠난다고 인생은 달라지지 않는다. 분명한 사실이다. 하지만 인생을 대하는 태도는 변한다. 그 태도 덕분에 나의 삶이 바뀐다. 행동하게 된다. 그 점들이 모여 결국 당신의 삶은 위대해지는 것이다.